Albrecht Haushofer:
Moabiter Sonette

Mit einem Nachwort
von Ursula Laack-Michel

Deutscher
Taschenbuch
Verlag

dtv

Originalausgabe
1. Auflage Oktober 1976
2. Auflage Dezember 1982: 9. bis 17. Tausend

Umschlaggestaltung: Celestino Piatti unter Verwendung des Plakates ›Heraus mit unseren Gefangenen‹ von Käthe Kollwitz aus dem Jahre 1920.
Gesamtherstellung: C. H. Beck'sche Buchdruckerei, Nördlingen
Printed in Germany · ISBN 3-423-10099-0

2 G

Das Buch

80 Gedichte aus dem Gefängnis Moabit, geschrieben am Ende des Zweiten Weltkrieges von einem Gegner des Nationalsozialismus in der sicheren Erwartung seiner baldigen Hinrichtung. Gedichtet, um die eigene Todesangst zu bannen, die Qualen der Haft zu lindern, Ablenkung zu finden, aber vor allem auch, um der Trauer Ausdruck zu geben – Trauer über die Nutzlosigkeit seiner früheren Kassandra-Rufe, über die Unmöglichkeit von Versöhnung und Frieden, über die Ohnmacht von Menschlichkeit und Vernunft. Mit wehmütiger Gelassenheit erinnert sich Albrecht Haushofer der vielfältigen Eindrücke seines Lebens und nimmt Abschied von den Menschen, die ihm nahestehen. – Die Moabiter Sonette, hier vollständig in der authentischen Reihenfolge gedruckt, sind das bedeutendste dichterische Zeugnis aus dem Kreis des Widerstandes.

Der Autor

Albrecht Haushofer, geboren am 7. Januar 1903, war Professor für Geographie und Geopolitik in Berlin. Dort scharte er einen Kreis Intellektueller um sich, der sich mit dem Nationalsozialismus nicht identifizieren mochte. Da er Beziehungen zu den Aufständischen vom 20. Juli 1944 hatte, wurde er in den letzten Tagen des Krieges verhaftet und erschossen. Haushofer schrieb auch Dramen, in denen er – historisch verschlüsselt – Kritik am Hitlerregime übte.

Inhalt

I · IN FESSELN

Für den, der nächtlich in ihr schlafen soll,
so kahl die Zelle schien, so reich an Leben
sind ihre Wände. Schuld und Schicksal weben
mit grauen Schleiern ihr Gewölbe voll.

Von allem Leid, das diesen Bau erfüllt,
ist unter Mauerwerk und Eisengittern
ein Hauch lebendig, ein geheimes Zittern,
das andrer Seelen tiefe Not enthüllt.

Ich bin der erste nicht in diesem Raum,
in dessen Handgelenk die Fessel schneidet,
an dessen Gram sich fremder Wille weidet.

Der Schlaf wird Wachen wie das Wachen Traum.
Indem ich lausche, spür ich durch die Wände
das Beben vieler brüderlicher Hände.

II · NÄCHTLICHE BOTSCHAFT

Noch andre Botschaft rieselt aus der Nacht
in meines Wesens kaum bewußte Schichten,
im Wellengang von Tönen und Gesichten
wird mir von Toten letzter Sinn gebracht.

Zu deuten das Gefühlte bleibt versagt.
Die Toten rufen uns auf eigne Weise
mit Klängen wie von einer Sternenreise –
nur eines weiß ich, da der Morgen tagt.

So wenig in den stoffgebundnen Reichen
seit Schöpfertum im Sonnenkreis begann,
ein Körnchen Staub verlorengehen kann,

so wenig darf ein Seelenhauch entweichen.
Wohin er weht, wenn er dem Leib entflieht –
die Frage scheut, wer keine Grenze sieht.

III · TIBETISCHES GEHEIMNIS

In jenem Land, wo klare Winterstürme
die höchsten Gipfel dieser Welt umwehn,
soll man auf seltne Künste sich verstehn,
geborgen in den Schutz der Klostertürme.

Die Weisesten der Weisen leben dort,
in Zellen eingemauert, ihrem Denken.
Der Seele streng beherrschte Strahlung lenken
sie andern zu, gelöst von Zeit und Ort.

Was Fugenspiel und Symphonie dem Tauben,
was Rot und Grün dem Farbenblinden scheinen,
ist solche Kunst für stoffgebundnes Meinen,

wo Geistes-Wunder, sonst ein scheues Glauben,
schon hohes Können ist, verwandelt sich
ins große Du hinein das kleine Ich –

IV · WELLENRUFE

Ich weiß vielleicht schon mehr von diesen Dingen
als Taube von Musik. Vielleicht so viel,
wie einer hört von fernem Flötenspiel,
der Wachs im Ohr hat: ein gedämpftes Klingen.

Doch immerhin genug, um einen Wert
aus diesem oder jenem Ton zu hören,
genug, den Spieler nicht im Spiel zu stören,
genug, den Sinn zu wecken, der verehrt.

So lausch ich heute mit gebundnen Händen
auf manches, was an viele schon sich wendet,
auf manches, was an mich allein gesendet

und rufe selber aus des Kerkers Wänden,
ob ungelenk und schwach, dem Nächsten zu:
Sei nicht in Sorge – leben wirst auch Du!

V · AN DER SCHWELLE

Die Mittel, die aus diesem Dasein führen,
ich habe sie geprüft mit Aug' und Hand.
Ein jäher Schlag – und keine Kerkerwand
ist mächtig, meine Seele zu berühren.

Bevor der Posten, der die Tür bewacht,
den dicken Klotz von Eisen sich erschlösse,
ein jäher Schlag – und meine Seele schösse
hinaus ins Licht – hinaus in ferne Nacht.

Was andre hält an Glauben, Wünschen, Hoffen,
ist mir erloschen. Wie ein Schattenspiel
scheint mir das Leben, sinnlos ohne Ziel.

Was hält mich noch – die Schwelle steht mir offen.
Es ist uns nicht erlaubt, uns fortzustehlen,
mag uns ein Gott, mag uns ein Teufel quälen.

VI · DER SCHIERLINGSBECHER

Man will noch in Athen den Ort bezeugen,
wo Sokrates gewartet haben soll,
bis jene Frist der frommen Feste voll,
um sich dem tödlichen Gesetz zu beugen.

Ich ging vorüber an der dunklen Schwelle,
den Blick zum Parthenon emporgewandt,
und übersah, von lichtem Glanz gebannt,
den Todesbecher in der Tageshelle.

Nun reut mich, daß ich dort vorüberging.
Es hätte sich geziemt, ins Knie zu sinken
und wissend von dem Schierling mitzutrinken.

Es war ein Großer, der sich unterfing,
des eignen Staates blinden Mordgewalten
als Opfertier die Treue so zu halten.

VII · BARBARENTUM

In Syrakus, in einer wilden Zeit,
hat man Gefangne deshalb losgegeben,
weil sie vor Jammer sich im Kerkerleben
durch Chorgesang des Aischylos befreit.

Ein Dschingis Chan sogar, des Blutes voll,
hat seine Streiter streng dahin beschieden,
daß man beim Bau von Schädelpyramiden
der Denker und der Künstler schonen soll.

Die Zeiten solcher Auswahl sind vorbei.
Wer wagte heut, ein Dschingis Chan zu sein?
Wer löste Chöre von Gefangnen ein?

So preisen wir vergangne Barbarei.
In unsrer Zeit sind all die Schädel gleich.
An Masse sind wir ja so schädelreich!

VIII · RUNDMARSCH DER GEFANGENEN

In Moskau hab ich einst ein Bild gesehn.
Van Gogh, der Meister. Dunkler Quadern Bau.
Ein Innenhof. Gefangne, grau in grau,
die hoffnungslos in engen Kreisen gehn.

Nun schau ich selber durch die Gitterstäbe
in einen Hof, darin man Menschen treibt
wie Herdenvieh, das noch zu hüten bleibt,
bevor man ihm das Beil zu spüren gebe.

Als Herrscher aller dieser grauen Bahnen
steht einer draußen, den die Lust erfüllt,
wenn andre leiden. Einen, der noch brüllt,

wenn andre schweigend schon die Wandlung ahnen,
die aus den Gräbern sprossend längst beginnt,
bevor sie rot in rote Ströme rinnt.

IX · DIE WÄCHTER

Die Wächter, die man unsrer Haft gestellt,
sind brave Burschen. Bäuerliches Blut.
Herausgerissen aus der Dörfer Hut
in eine fremde, nicht verstandne Welt.

Sie sprechen kaum. Nur ihre Augen fragen
zuweilen stumm, als ob sie wissen wollten,
was ihre Herzen nie erfahren sollten,
die schwer an ihrer Heimat Schicksal tragen.

Sie kommen aus den östlichen Bereichen
der Donau, die der Krieg schon ausgezehrt.
Ihr Stamm ist tot. Ihr Hab und Gut verheert.

Noch warten sie vielleicht auf Lebenszeichen.
Sie dienen still. Gefangen – sind auch sie.
Ob sie's begreifen? Morgen? Später? Nie?

X · LAWINEN

Wem je die hohen Berge Heimat waren,
der weiß, wie man die Hänge meiden muß,
an denen, in zermalmend-jähem Schuß
Lawinen donnernd in die Tiefe fahren.

Da mag ein ganzer Berg in Stille lauern,
der kleinste Schneeball reißt die Hüllen auf,
und weiße Lasten tosen ihren Lauf.
Begraben Täler unter Todesmauern.

Vermessenheit, Lawinen loszulösen!
Verbrecher, wer sich des Zerstörens freut.
Und Narr zugleich, wer nicht den Wurf bereut!

Vermessenheit im Guten oder Bösen –
Ich büße den Versuch! – sie aufzuhalten.
Ein Stoß – ein Wirbel – tödliches Erkalten . . .

XI · GERÄUSCHE

Von außen drückt durch schlecht gefügte Scheiben
ein kalter winterlicher Hauch herein
und bringt in meiner Zelle Sondersein
Geräusche, die dem Krieg verbunden bleiben.

Den Schritt der Wache wie den Marschgesang,
der nahen Schienen fauchendes Geschiebe,
der Waffenwerke polterndes Getriebe,
der nächtlichen Sirenen wüsten Klang.

Geräusche, die der Zeit noch gültig sind.
Wie hör' ich Tag für Tag Motoren dröhnen,
wie spärlich manchmal eine Glocke tönen!

Doch ahnt ein Winter schon den Frühlingswind.
Es kommt der Tag, wo die Motoren schweigen
und Frieden läuten wird ein Glockenreigen.

XII · SILVESTERSEGEN

Des Jahres würdig war der letzte Schluß:
In unsren Zellen rattenhaft verwahrt,
erfahren wir in ganz besondrer Art
den Prall der Bomben wie den Flakbeschuß.

Kein großer Angriff. Ein Silvestersegen,
den Trümmerstätten von Berlin geweiht,
an eines Jahres Gabe nur gereiht,
wie späte Glut an einen Flammenregen.

Was in Jahrhunderten gewachsen war,
vernichtet nun in Stunden jäh die Kraft
gewissenlos mißbrauchter Wissenschaft.

Das alte China kannte die Gefahr.
Es bannte schon das Pulver, weil darin
Versuchung lag zu groß für Menschensinn.

XIII · MASCHINENSKLAVEN

Ravenna, Salzburg, München, Genua,
Westminster, Köln, Antwerpen, Lübeck, Tours –
es waren Städte – doch nicht Städte nur
wie Krasnojarsk vielleicht und Omaha.

In allem Werk, das formend eine Hand
mit Liebe schuf, ist andres noch gebunden,
als in Maschinenstampf ihr je gefunden!
Maschinensklaven, werft Ihr es in Brand!

Begreift Ihr, was Ihr tut mit Euren Spielen,
atomzertrümmernde Raketenzünder,
totaler Kriege schäumende Verkünder!

Was bleibt am Schluß von allen Euren Zielen?
Ist alles Überlieferte zerstört,
fehlt Euch sogar ein Erbe, der Euch hört!

XIV · DIE TIGER-AFFEN

In China hieß ein Weiser schon vor Zeiten
den Tiger-Affen das erhabne Tier
(– als homo sapiens benennt man's hier –)
der Name wäre gut, ihn auszubreiten.

Dem Affen gleich im Spielen seiner Triebe,
dem Tiger gleich an mörderischer Kraft,
so hat der Mensch Gewalt an sich gerafft,
und wird zum Teufel, mangelt ihm die Liebe.

So wachsen Mord und Brand und Quälerei,
mit stolzem Wissen immer neu verbunden, –
von Menschen ganz allein wird so geschunden. –

Und ließ ein Göttlicher sich heut herbei,
sie nur zu mahnen, stürb' er morgen schon
ans Kreuz genagelt, unter Spott und Hohn.

XV · QUI RESURREXIT

In tausend Bildern hab ich Ihn gesehn.
Als Weltenrichter, zornig und erhaben,
als Dorngekrönten, als Madonnenknaben, –
doch keines wollte ganz in mir bestehn.

Jetzt fühl ich, daß nur eines gültig ist:
Wie sich dem Meister Mathis Er gezeigt –
doch nicht der Fahle, der zum Tod sich neigt –
der Lichtumfloßne: dieser ist der Christ.

Nicht Menschenkunst allein hat so gemalt.
Dem Grabesdunkel schwerelos entschwebend,
das Haupt mit goldnem Leuchten rings umwebend.

Von allen Farben geisterhaft umstrahlt,
noch immer Wesen, dennoch grenzenlos,
fährt Gottes Sohn empor zu Gottes Schoß.

XVI · OM MANI PADME HUM

Heut nacht war mir ein andres Bildnis nah:
So mild und still, so friedevoll und fern,
wie ein Geschenk von einem andern Stern.
Der große Buddha von Kamakura.

Aus einem Hain von Kirschenblüten schaut
er auf das Fischerdorf und bleibt gelassen,
ob Kinderlachen spielt in seinen Gassen,
ob Weltenmeer darüber Stürme braut.

Er kennt kein Zürnen, kein Verzweifeltsein,
und lehrt nur eines: wie man sich versenke,
den Einzelwillen in die Allheit lenke,

die Seele lösend aus der Dinge Schein,
will Buddha sie aus allem Leiden heben –
dem Lotos fühl ich lächelnd ihn entschweben.

XVII · DIE MÜCKE

Ein leisestes Gesurr. Auf meine Hand
sinkt flügelschwirrend eine Mücke nieder,
ein Hauch von einem Leib, sechs zarte Glieder –
wo kam sie her aus winterlichem Land?

Ein Rüssel ... schlag ich zu? Mißgönn ich ihr
den Tropfen Blut, der solches Wesen nährt?
den leichten Schmerz, den mir der Stich gewährt?
Sie handelt, wie sie muß. Bin ich ein Tier?

So stich nur zu, du kleine Flügelseele,
solang mein Blutgefäß dich nähren mag,
solang du sorgst um deinen kurzen Tag!

Stich zu, daß es dir nicht an Kräften fehle!
Wir sind ja beide, Mensch und Mücke, nichts
als kleine Schatten eines großen Lichts.

XVIII · SPATZEN

Zuweilen kommt Besuch: Das Eisengitter,
für mich Gefängnis, ist für andre Rast.
Ein Spatzenpaar ist gerne da zu Gast,
ein Spatzenfräulein und ein Spatzenritter.

Sie lieben sich in Zank und Zärtlichkeit,
sie haben schnäbelnd viel sich zu erzählen,
und wollt ein andrer Spatz die Spätzin wählen,
dann gäb es einen fürchterlichen Streit.

Wie seltsam ist es, ungehemmtem Leben
in Fesseln voller Frage nah zu stehn –
ob mich die flinken schwarzen Augen sehn?

Sie schauen fort. Ein Tschilp, ein Flügelheben,
der Eisenrost ist leer. Ich bin allein.
Wie gerne möcht ich bei den Spatzen sein –

XIX · GEIGENSPIEL

Von denen, die sich in die Wache teilen,
spielt einer Geige. Manchmal klingts herauf,
ein harter Griff, ein holperiger Lauf,
und dennoch läßt es mich im Geist verweilen.

Wenn ich der edlen Stradivari denke
und ihres Meisters, dessen Freund ich bin,
dann jammert meinen tonvertrauten Sinn
das hilflos Tastende, das Ungelenke.

Doch bleibts Musik, was diese plumpen Hände
dem billigen Gehäuse noch entlocken,
es bleibt Musik, auch wenn die Pulse stocken,

Musik im Schatten der Gefängniswände.
Von Mozart war die letzte Melodie –
und Mozart – nein: gescholten hätt'er nie!

XX · BEETHOVEN

Mit sechzehn Jahren ward ich wohl verklagt,
daß ich, anstatt die pochenden Triolen
von Opus zwei genau zu wiederholen,
mich schon an Opus hundertelf gewagt.

Die Meisterin der Kunst in weißen Haaren,
sie ließ mich spielen, nickte nur und sann:
»Der so geschrieben, war ein tauber Mann.
Verstehen wirst Du's erst in späten Jahren.«

Sie schwieg. »Wenn Dir einmal das Herz gesprungen
und weiterschlägt und weiterschlagen soll.«
Ihr großes Auge war von Güte voll.

Sie setzte sich, der Flügel hat geklungen.
In diesen Tagen ist mir oft im Sinn
dies Spiel der toten Meisterin.

XXI · FIDELIO

Ein Kerker. Einer, der das Böse will.
Ein Todgeweihter. Kämpfend, eine Frau.
Ein heller Klang durchdringt den dunklen Bau
und einen Atem lang sind alle still.

In allem Zauber von Musik und Bühne
wird keinem Ruf so reiner Widerhall
wie diesem herrischen Trompetenschall:
dem Guten Sieg, dem Bösen harte Sühne.

Geborgen steigen sie empor ins Licht,
gegrüßt von denen, die gefesselt waren,
geleitet von befreienden Fanfaren.

Im Leben gibt es diese Töne nicht.
Da gibt es nur ein lähmendes Verharren.
Danach ein Henken, ein Im-Sand-Verscharren.

XXII · GEFÄHRTEN

Als ich in dumpfes Träumen heut versank,
sah ich die ganze Schar vorüberziehn:
die Yorck und Moltke, Schulenburg, Schwerin,
die Hassell, Popitz, Helfferich und Planck –

nicht einer, der des eignen Vorteils dachte –
nicht einer, der gefühlter Pflichten bar,
in Glanz und Macht, in tödlicher Gefahr,
nicht um des Volkes Leben sorgend wachte.

Den Weggefährten gilt ein langer Blick:
sie hatten alle Geist und Rang und Namen,
die gleichen Ziels in diese Zellen kamen –

und ihrer aller wartete der Strick.
Es gibt wohl Zeiten, die der Irrsinn lenkt.
Dann sind's die besten Köpfe, die man henkt.

XXIII · HEIMAT

Man hat mich über meine Flucht befragt,
warum ich nicht den Weg zum Rhein genommen,
zur nahen Schweiz, den jungen Strom durch-
schwommen,
bevor man gründlich erst nach mir gejagt.

Ich wollte nicht aus meiner Heimat gehn.
Sie schien mir lange guten Schutz zu gönnen.
Dann hat auch sie mich nicht mehr bergen können,
ich werde lebend kaum sie wiedersehn.

Doch bleibt es tröstlich, ihrer Berge Mauern
im Hintergrund von Alm und Hof zu wissen,
muß ich auch selbst den Gipfelhauch vermissen.

Die silbergrauen Wände werden dauern,
ob sie der Mensch durchklettert oder flieht,
bis neues Eis die Felsen rings umzieht.

XXIV · ACHERON

Ein großer Dichter hat das Wort geprägt,
man müsse selbst den Acheron bewegen,
wenn sich zur Hilfe nicht die Götter regen.
Mein Vater hat es oft im Trotz gesagt.

Mein Vater war noch blind vom Traum der Macht.
Ich hab die ganze Not vorausempfunden.
Zerstörung, Brand und Hunger, Tod und Wunden,
das ganze Grausen solcher Teufelsnacht ...

Bewußten Abschied hab ich oft genommen
von allem, was das Leben Schönes bot:
von Heimat, Werk und Liebe, Wein und Brot.

Nun ist das Dunkel über mich gekommen.
Der Acheron ist nah, das Leben fern.
Ein müdes Auge sucht nach einem Stern.

XXV · OLYMPISCHES FEST

Mit einem Dom von hochgestrahltem Licht
begannen sie das letzte ihrer Feste.
Der Hochmut freute sich der stolzen Geste:
Man sah vor lauter Glanz die Sterne nicht.

Gelöst von aller Tage bunten Sorgen
bestaunte man der Jugend Marsch und Spiel,
bewunderte der Griechenfackel Ziel,
im Leuchten dieses Kuppelscheins geborgen.

Mich täuschte dieser helle Zauber nicht.
Ich sah die Kräfte, die so milde schienen,
dem grauenhaftesten der Kriege dienen.

Ich kannte wie die Maske, das Gesicht.
Die sich zum Spielen Schar um Schar gereiht:
die ganze Jugend ist dem Tod geweiht.

XXVI · VISION DER FACKEL

Ein Mannesleib von Adel, Maß und Schwung
vollendet eines Feuers Fackelzug,
das man aus Griechenland nach Norden trug,
als Licht olympischer Erinnerung.

In jenem Hain der Säulen und der Bäume,
wo Götterzeugung durch die Zeiten webt,
entsprang die Leuchte. Hüte sie, wer lebt!
In jeder Leuchte zucken Flammenträume ...

Durch viele Länder nahm es seinen Lauf,
das Feuer, das, in Griechenland entzündet,
Jahrtausenden von Geist und Spiel gekündet –

zwingt ihr dem Feuer eine Knechtschaft auf?
Es zischt und sprüht, wie man's in Banden hält.
Die Fackel flackert. Lodern – wird die Welt!

XXVII · ARENA

Am Ende saß ich in die Nacht hinein
mit einem Gast aus England noch zusammen.
Von draußen leuchteten die Festesflammen.
In unsren Gläsern funkelte der Wein.

»Ich habe mich gefragt« – der Lord geruht
zu sprechen – »was dem Fest noch fehle.
Jetzt weiß ichs: Für den Rausch der Massenseele
die Löwen und die Tiger und das Blut.«

Er lächelt böse. Altes Wissen stieg
empor in seinen scharfgeschnittnen Zügen.
Ein Caesar sprach: »Das andere – sind Lügen.

Jetzt feiern sie mit Fahnen ihren Sieg.
Bald brüllen sie nach Blut. Dann sind sie echt.«
Vansittard schweigt. Ich auch. Der Lord hat recht.

XXVIII · ASTI SPUMANTE

Der letzte Wein des Südens, den ich trank –
Turin. Superga. Von den Bergen kam
ein spätes Leuchten. Meine Seele nahm
und gab dem besten Freunde Lebensdank.

Der Freund ist tot. Die Stadt Turin zerstört.
In meinem Krug, da schäumt kein edler Wein.
Vor sieben Jahren soll's gewesen sein?
Der Sinn ist tot, der auf die Jahre hört ...

Ich werde keinen Asti mehr genießen,
mag auch die Traube von der Sonne glühn,
um perlend in den Kelchen aufzusprühn.

Mag edler Wein für junge Herzen fließen –
im Aschengrund von allen Weltenfeuern
sind immer Seelen, die das Glück erneuern.

XXIX · DER FREUND

Du Toter, denkst Du des Gefährten auch?
Heut war mir wieder zwischen Traum und Wachen,
als hört ich Dein vertrautes, tiefes Lachen,
als fühlt ich an der Wange Deinen Hauch –

Du hast so viel geschaut, gespürt, geahnt,
hast früh mit früher Wandlung Dich verbündet,
hast mir noch dunkle Mühsal streng verkündet –
ist nun auch mir der Weg zum Strom gebahnt?

Ich bin bereit zu bleiben und zu gehen.
Es leben nicht mehr viele, die mich halten …
der Toten sind die tieferen Gewalten …

ich fühle Dich im Boot als Fergen stehn,
ich fühle Deine Hand sich grüßend heben –
du schweigst … soll ich Dir folgen? Soll ich leben?

XXX · MUTTER

Ich sehe Dich in einer Kerze Licht
im Rahmen einer dunklen Pforte stehn.
Du spürst die Kühle von den Bergen wehn.
Du frierst ja, Mutter ... dennoch weichst Du nicht.

Du schaust mir nach, der in die Nacht enteilt,
in dunklen Schicksals ungewisse Frist,
mit einem Lächeln, das nur Weinen ist,
mit einem Schmerz, den kein Vertrauen heilt.

Ich sehe Dich in Deiner Liebe Licht
im Zittern Deiner weißen Haare stehn.
Du spürst die große, dunkle Kühle wehn –

und langsam, langsam senkt sich Dein Gesicht.
Noch immer leuchtet fern der Kerze Schein –
Du frierst ja, Mutter ... Mutter – geh hinein ...

XXXI · DER SCHWANENRING

Den Siegelring aus Deinem Ahnenkreis,
ich ließ ihn, Mutter, Dir. In Deiner Hut
bin ich gewiß, daß er in Treue ruht,
der viel von meines Lebens Bahnen weiß.

Das Wappen, das er führt, den weißen Schwan,
der mächtig schlagend seine Schwingen hebt
und zwischen Sternen in den Himmel strebt –
Ein Kaiser gab ihn einem fernen Ahn.

Er siegle weiter. Komm ich nicht zurück,
so steck ihn – gehst Du selbst ins andre Land –
dem tüchtigsten der Neffen an die Hand

und sag ihm: Schwanenflug bedeute Glück ...
Gedenkt er dessen, der sein Erbe trug
nur einen Tag im Jahr, so sei's genug.

XXXII · PARTNACHALM

Von allen quaderfest gefügten Mauern
in Hof und Haus, in städtischem Besitz
wird wenig bleiben in der Zeiten Blitz –
der kleine Bau von Holz allein mag dauern.

Sein Dach ist fern von allen Kampfeszielen,
im Winter tief in weißem Schnee versteckt,
im Sommer hoch von grünem Wuchs gedeckt,
von grünem Wuchs, darin die Winde spielen.

So darf es noch vielleicht in späten Jahren,
dem Tal entrückt und nur dem Berg vertraut,
an dessen Flanke sich das Wetter staut,

den Erben seinen Zauber ganz bewahren.
Wer Frieden, Rast, Versenkung suchen will –
dort findet er's ... Wie sind die Nächte still!

XXXIII · ABSCHIED

Schon müssen Jupiter und Venus bleichen,
die Gipfel hellt ein erstes Rosenlicht.
Ich weiß um meine nächsten Wege nicht,
weiß nicht, ob Grüße jemals mich erreichen –

allmählich schwindet in den Berg hinein
das Hufgetrappel, das mich fortgeleitet.
Das Maultier, das zu Tale mich begleitet,
ist umgekehrt im frühen Morgenschein.

Noch immer hört mein Ohr den grauen Huf.
Der Saumweg windet sich den Fluß entlang.
Es rauscht. Es trappelt ... Ungewisser Klang ...

Ersterben nun – der Heimat letzter Ruf.
Die Wasser strömen aus der Berge Tor,
und ferne Hufe ziehn zur Alm empor.

XXXIV · HONIG

Nachdem sie aus der Heimat mich getrieben,
auf meiner langen Flucht und bittren Fahrt
ein Glas mit Honig hab ich mir gespart –
so viel an Heimat ist mir nun geblieben.

Ich öffne's nur: dann steigt ein Duft empor
von tausend Blüten, ja von tausend Bäumen,
und Bienen summen wie aus bunten Träumen
aus allen grauen Ecken rings hervor –

Es ist noch Winter in der weiten Flur:
Ihr Bienen hütet euch vor frühem Schwärmen!
Laßt euch die Sonne noch die Pelze wärmen!

Ihr sammelt süßes Heil im Honig nur,
wenn rötlich-weiß die Pflaumenäste blühn
und goldne Primeln leuchten auf im Grün.

XXXV · DER ARZT

Wenn nicht – von allen Lastern dieser Welt –
am meisten blasses Gift im Neid sich fände,
so neidet ich dem Arzt die milden Hände,
mit denen er die Hilfe rings bestellt.

Sein Mahl ist kalt, daß keiner von den Kranken
die Wärme misse. Halten andre Rast,
so wandert er und pflegt, und keine Last
ist ihm zu groß, mag er vor Bürde schwanken.

Des Heilens Gnade ward ihm zugeteilt.
Von seinen Händen strahlt ein heller Schein
in vieler Zellen dumpfes Grau hinein.

Bevor die rechte Stunde mir enteilt,
erbitt ich, ohne Scheu, mit klarem Ton,
dem Doktor Gottes Dank und Gottes Lohn!

XXXVI · NACHBARN

Den ersten reut vielleicht, was er getan,
den zweiten höchstens, was er unterließ,
den dritten reut, daß er nicht schärfer stieß,
dem Abgrund näher, seiner Kugel Bahn.

Ein vierter jammert noch um Amt und Rang,
der nächste fühlt von allem sich entlastet.
Der eine zehrt und sorgt, der andre rastet –
und schleppend oder federnd ist ihr Gang.

Sie alle wissen um die dunklen Lose:
»Drei Jahre Zuchthaus« stöhnt der eine stumm.
Ein andrer lacht: »Wie wär ich froh darum!«

Der eine grüßt im Sterben noch die Rose,
von ihrem wundersamen Duft berührt –
der andre lebt – und hat sie nie gespürt.

XXXVII · DER BRUDER

Mein Bruder sitzt im gleichen Bau gefangen,
doch ohne Plan und Anteil an der Schuld.
Sein Schicksal fordert heute nur Geduld,
bis mir der Spruch der Mächtigen ergangen.

Mein Bruder hat die Erde nicht umfahren,
er hat sich nicht aufs Meer hinausgewagt.
Er hat sich um der Scholle Frucht geplagt,
und Kinder wuchsen ihm in raschen Jahren.

Mein Bruder – hoff ich – sieht die Heimat wieder;
die Eltern, seine tapfer-kluge Frau,
des Ackers Braun, des Alpenhimmels Blau.

Ihm blühe neu der Zeiten junger Flieder –
er liebt den Boden. Lohne der ihm gut,
und seinen Kindern, seine treue Hut.

XXXVIII · DER VATER

Ein tiefes Märchen aus dem Morgenland
erzählt uns, daß die Geister böser Macht
gefangen sitzen in des Meeres Nacht,
versiegelt von besorgter Gotteshand,

bis einmal im Jahrtausend wohl das Glück
dem einen Fischer die Entscheidung gönne,
der die Gefesselten entsiegeln könne,
wirft er den Fund nicht gleich ins Meer zurück.

Für meinen Vater war das Los gesprochen.
Es lag einmal in seines Willens Kraft,
den Dämon heimzustoßen in die Haft.

Mein Vater hat das Siegel aufgebrochen.
Den Hauch des Bösen hat er nicht gesehn.
Den Dämon ließ er in die Welt entwehn.

XXXIX · SCHULD

Ich trage leicht an dem, was das Gericht
mir Schuld benennen wird: an Plan und Sorgen.
Verbrecher wär' ich, hätt' ich für das Morgen
des Volkes nicht geplant aus eigner Pflicht.

Doch schuldig bin ich anders als ihr denkt,
ich mußte früher meine Pflicht erkennen,
ich mußte schärfer Unheil Unheil nennen –
mein Urteil hab ich viel zu lang gelenkt ...

Ich klage mich in meinem Herzen an:
ich habe mein Gewissen lang betrogen,
ich hab mich selbst und andere belogen –

ich kannte früh des Jammers ganze Bahn –
ich hab gewarnt – nicht hart genug und klar!
und heute weiß ich, was ich schuldig war ...

XL · VERHÄNGNIS

Im Westen steigt Gewitter aus den Meeren,
vom Osten überzieht ein Steppenbrand
mit ungeheuren Flammen alles Land,
und keine Macht ist da, den Sturm zu wehren.

Verschwendet sind in frevlem Übermut
die Kräfte, die beharren und bewahren.
Nun rächt sich das entwurzelnde Verfahren,
das viel zu reich und rasch vergoßne Blut.

So schließt nun ab in jäh zerborstnem Stein,
in zuckendem Gefild, zerstampfter Saat,
so endet jetzt im Untergang die Tat. –

Nur Schutt und Asche werden Zeugen sein,
nur Schutt und Asche, wo in tausend Jahren
gezeugte Bilder höchsten Daseins waren ...

XLI · RATTENZUG

Ein Heer von grauen Ratten frißt im Land.
Sie nähern sich dem Strom in wildem Drängen.
Voraus ein Pfeifer, der mit irren Klängen
zu wunderlichen Zuckungen sie band.

So ließen sie die Speicher voll Getreide –
was zögern wollte, wurde mitgerissen,
was widerstrebte, blindlings totgebissen –
so zogen sie zum Strom, der Flur zuleide...

Sie wittern in dem Brausen Blut und Fleisch,
verlockender und wilder wird der Klang –
sie stürzen schon hinab den Uferhang – –

ein schriller Pfiff – ein gellendes Gekreisch:
Der irre Laut ersäuft im Stromgebraus ...
die Ratten treiben tot ins Meer hinaus ...

XLII · DIE GROSSE FLUT

Den Mississippi hab ich einst befahren,
als unter seiner Fluten brauner Wucht
an tausend Meilen bis zur großen Bucht
ringsum die Fluren tief begraben waren.

Ein öder Spiegel, wo zuvor Gedeihen
von grünen Saaten, goldnen Ernten war,
wo vieler Hände Fleiß von Jahr zu Jahr
daran geschaffen, Heim an Heim zu reihen.

Was flüchten konnte, floh, das andre starb.
Die weite Fläche war an Leben leer.
Dann zog die große Flut hinaus ins Meer.

Ihr Erbe blieb. Der Sonne Licht umwarb
den feuchten Schlamm, der alles Land bedeckt.
Zu neuem Leben hat's ihn bald geweckt.

XLIII · VERBRANNTE BÜCHER

Als Chinas großer Zwingherr Shi Hwang Ti
vor seinem Willen einen Widerstand
der geistigen Vergangenheit empfand,
befahl er einfach: Man zerstöre sie!

Die Bücher ließ er sammeln und vernichten,
die Weisen töten. Durch das ganze Land
fuhr kaiserliche Macht in Mord und Brand.
Elf Jahre ging das Brennen und das Richten.

Im zwölften war der große Zwingherr tot.
Die alten Bücher wurden neu geschrieben,
von denen, die am Leben doch geblieben ...

Der nächste Kaiser, der im Land gebot,
war allem Denken freundlich zugewandt:
Hat Bücher nicht, hat Weise nicht verbrannt.

XLIV · ALEXANDRIEN

Als des Propheten kampfgewohnte Scharen,
von einem starren Willen weit bewegt,
vom Raub der Länder taumelhaft erregt,
nach Alexandrien gedrungen waren,

hat man den Plünderer der Stadt gefragt,
ob auch die weltberühmte Bücherei
gleich allem andern zu verbrennen sei –
Der große Feldherr Allahs hat gesagt:

»Was dieser Wust von Büchern mag ermessen,
ist überflüssig, steht es im Koran.
Wo nicht, so schadets nur. Drum zündet an!«

Der Name jenes Feldherrn ist vergessen.
Homer und Plato, die sein Spruch verbrannt,
sind heute noch dem Erdenkreis bekannt.

XLV · GOTTVERTRAUEN

Im Albigenserkrieg, vor langer Zeit,
als Papstes Zorn auf eines Königs Rat
die Ketzerblüte der Provence zertrat,
war eine große Stadt dem Tod geweiht.

Der Graf von Montfort, der die Mauern brach,
sah sinnend nieder auf die Metzelei.
»Legat – sind nicht auch Gläubige dabei?«
der Eiserne zu dem im Purpur sprach,

»wenn Ihr es wünscht, erlaß ich ein Gebot
und schone noch ihr Blut.« Der Kardinal
erhob die Hand zur Abwehr. »Überall –

kennt Gott die Seinen wieder. Schlagt nur tot!
Euch fehlt« – der Kirchenfürst verzog die Brauen –
»in seinem tiefsten Sinn das Gottvertrauen.«

XLVI · UNTERGANG

Wie hört man leicht von fremden Untergängen,
wie trägt man schwer des eignen Volkes Fall!
Vom Fremden ist's ein ferner Widerhall,
im Eignen ist's ein lautes Todesdrängen.

Ein Todesdrängen, aus dem Haß geboren,
in Rachetrotz und Übermut gezeugt –
nun wird vertilgt, gebrochen und gebeugt,
und auch das Beste geht im Sturz verloren.

Daß dieses Volk die Siege nicht ertrug –
die Mühlen Gottes haben schnell gemahlen.
Wie furchtbar muß es nun den Rausch bezahlen.

Es war so hart, als es die andern schlug,
so taub für seiner Opfer Todesklagen –
Wie mag es nun das Opfer-Sein ertragen ...

XLVII · DIE GROSSEN TOTEN

Wenn sich das deutsche Schicksal ganz erfüllt:
die Herren ohne Maß nur Knechte sind
und bleiben bis auf Kind und Kindeskind,
wenn alles winseln wird, was heute brüllt,

wenn alles kriechen wird in Schmutz und Pein,
und nichts mehr zeugt von echter Leidenschaft,
dann werden mit gewaltig strenger Kraft
die großen Toten ihre Sprecher sein.

Ein Kant, ein Bach, ein Goethe werden zeugen
noch lange für zerstörtes Volk und Land,
auch wenn die Menge nie den Sinn verstand.

Nie brauchen große Tote sich zu beugen
vor Aberwitz und Schmach. Ihr Geist besteht,
solang der Atem Gottes aus ihm weht.

XLVIII · DAS ERBE

In Schutt und Staub ist Babylon versunken,
ein Tempel blieb vom alten Theben fest,
von Ktesiphon zeugt einer Halle Rest,
das große Angkor ist im Wald ertrunken –

auch unser ganzes Erbe sind Ruinen.
Noch kurze Weile zwischen toten Mauern
wird kümmerlicher Menschen Sorge dauern –
danach wird alles nur dem Efeu dienen.

Der Efeu des Vergessens wird sich ranken
um ein Jahrtausend hoher Blütezeit,
um dreißig Jahre mörderischen Streit.

Wir sind die Letzten. Unsere Gedanken
sind morgen tote Spreu, vom Wind verjagt,
und ohne Wert, wo jung der Morgen tagt.

IL · BOMBENREGEN

Ein Bombenteppich nach dem andern rauscht
aus hellem Himmel todesnah heran –
Wie todesnah berechnet ihre Bahn,
wer eingegittert ihrem Brausen lauscht!

Wir alle wissen wohl, daß unsre Leben
so billig sind wie Stroh – der deutsche Strick,
die Russenkugel jählings im Genick,
die Britenbombe sind als Los gegeben.

Ein Wunder wär's, wenn uns ein Schicksal gönnte
noch Dasein ohne Wirkung, Sinn und Ziel –
Wir wissen's: Dennoch danken wir dem Spiel,

dem Spiel des Zufalls, das uns töten könnte
mit jedem Wurf und heut noch unser schont –
Wer hoffte nicht, daß noch ein Tag ihm lohnt!

L · NEMESIS

Noch gestern hat er vier zum Strick verdammt,
und heute liegt er tot in den Ruinen,
wird keinen mehr zu Strang und Beil bedienen,
ein Haufe Trümmer ist sein ganzes Amt.

Gericht – ein schweres Wort! Ihn hat's gefreut,
wenn er die Waage tief zum Bösen wandte,
wenn er dem Henker neue Hälse sandte,
kein Todesurteil hat ihn je gereut.

Gericht – ein Zufall? Tausend Bomben schlugen
in dieser großen Stadt auf Menschen ein –
und eine Bombe durfte Richter sein?

Gericht – so viele von den Toten frugen
vergeblich nach dem Sinn ... drum richtet nicht!
Uns allen gilt ein höheres Gericht!

LI · WANDLUNG

Von dem, was uns in jungen Jahren band,
an Wunsch und Wort in menschlichen Gestalten,
wie wenig hielt den tödlichen Gewalten
im letzten Prüfen unsrer Seele stand!

Wie vieles, was wir früher kaum gesehn,
ist heute nah mit ungeheurem Wirken:
Wir nähern uns den heiligen Bezirken,
vor denen scheu wir nun in Ehrfurcht stehn ...

Wie Gold und edle Steine sich im Sand
verborgen halten, bis der Sand verweht
und ihr Gewicht allein im Sturm besteht,

so hebt sich nun aus allem lauten Tand
das Unvergängliche. Das Ich wird still
wenn Es in ihm schon leise beten will ...

LII · ENTFESSELUNG

Seit Wochen bin ich nun an Hand und Fuß
von Fesseln frei. Noch weiß ich kaum zu sagen,
ob ich sie lang, ob ich sie kurz getragen,
ob ich ein zweitesmal sie tragen muß.

Sie haben mich gelehrt, daß andre Ketten
zu dulden wie zu lösen schwerer sind:
Begierden, Wünsche, die sich aus dem Kind
in Mannestrotz und Greisenhärte retten:

Die großen Feßler, die das Herz versteinen,
des Willens Lüste, wie sie Buddha nennt,
das Christentum als harte Sünden kennt, –

die Feßler, die der Gnade Macht verneinen –
Bin ich von ihnen freier als ich war,
so dank ich diesem letzten halben Jahr ...

LIII · MYTHOS

Die Kampfgesänge voll von Blut und Wunden,
an denen tote Zeit so freudig schuf –
der Goten letztes Ringen am Vesuv,
der Todestrotz der schuldigen Burgunden –

wie düster glühn die dunklen Mythen auf,
darin so gnadenlos die Rache gärt.
Wenn man mit ihrem Geist die Jugend nährt,
wie furchtbar endet solcher Jugend Lauf!

Vor tausend Jahren war's ein echter Klang,
wenn Teja Narses einen Feigling schalt,
wenn Hagen Tronjes Trotz als Treue galt.

Die Zeiten sind vorbei, da Volker sang!
Der Heldenkampf in Etzels Hunnensaal
ist heute nur mehr Mord und Todesqual.

LIV · DEM ENDE ZU

Die Stimmen, die von außen uns erreichen,
sind schrill und heiser. Geiferndes Erschrecken
verrät der Hinkende. Die andern recken
mit hohlem Schrei die toten Siegeszeichen.

Das Ende wittern selbst erprobte Toren.
Doch kann der Krieg nicht enden dieses Mal
bis kein Gefreiter mehr, kein General
behaupten darf, er wäre nicht verloren.

Was half es, daß der wägende Verstand
die Rechnung führte bis zum letzten Schluß!
Der Wahn begreift nur, was er fühlen muß.

Der Wahn allein war Herr in diesem Land.
In Leichenfeldern schließt sein stolzer Lauf,
und Elend, unermeßbar, steigt herauf.

LV · SESENHEIM

»Im Raum von Straßburg wurde Sesenheim
im Sturm genommen.« Sesenheim! Der Ort,
wo Goethe, glücklich in der Liebe Hort,
das Glück verlor an seiner Größe Keim. –

Der Garten, wo das milde Mondeslicht
ihm Verse gab von wunderbarer Stille,
die Straße, wo im Ebenbild sein Wille
den Reitenden ermahnte: Säume nicht!

Der junge Goethe kehrte nie zurück.
Er zog davon – »und über ihm die Sterne« –.
Der Alte grüßte sinnend aus der Ferne.

Im Sturm genommen ... Sesenheim ... Das Glück
hat keine Dauer. Nächtlich glüht im Rhein,
im Spiegel, strömend, roter Feuerschein ...

LVI · MEMPHIS

Im frühen Morgen stand ich einst am Nil
und sah das erste rosenrote Licht
den Bau der Pyramiden, Schicht um Schicht,
umrieseln, bis es in die Gärten fiel ...

Zur Dauer prägen Menschen – Werk und Art:
Wie hat Ägyptens Wille drum gerungen,
hat Königsbild in Diorit gezwungen,
hat Königsantlitz körperhaft bewahrt.

Der Adel jener großen Pharaonen,
besiegelnd mit dem Lande seinen Bund,
schläft heute noch in seinem tiefsten Grund.

Noch fühlt man ihre Gräber sie bewohnen ...
man spürt ihr Walten, ahnt noch, ob sie leiden –
wie sinnlos, Tod und Leben je zu scheiden ...

LVII · KÖNIG AMENEMHAT

Ein Papyrus: »Gespräch des Lebensmüden
mit seiner Seele«, voll von dunkler Trauer,
bezeugt uns wirre Zeit von langer Dauer,
bis ordnend kam ein Herrscher aus dem Süden.

Der große Amenemhat schuf dem Land
Ägypten Frieden, wie sein Mund verhieß. –
Den harten Rat »Vertraue keinem« ließ
dem Sohn Sesestris er als Unterpfand.

Viertausend Jahre zeugt sein schweres Wort
von eines königlichen Herzens Not.
»Vertraue keinem!« Bitterstes Gebot.

Wie furchtbar wirkt ein solches Mahnen fort!
»Vertraue keinem!« Trägt man dieses Leben,
hat solcher Einsicht man sich ganz ergeben?

»Vertraue keinem!« Wer in sich die Kraft
zum Herrschen fühlt, zum Richter, zum Propheten,
verlernt er nicht, im Herzen still zu beten,
so stärkt es ihm die kalte Leidenschaft.

Wer andre hüten soll dem Gärtner gleich,
der jungen Wuchs mit fester Hand umhegt,
und Freude hat, wenn eigne Form sich regt,
so scharf wie fein, so zielbewußt wie weich. –

Wie sollte vor der Jugend er bestehn,
wenn ihm die Gabe des Vertrauens fehlte,
wenn er Vertrauenden die Wahrheit hehlte. –

Wer könnte lang in junge Augen sehn,
der sich's versagte, nicht allein sein Denken,
sein ganzes Wesen helfend fortzuschenken!

LIX · WISSEN

Mit allen Mitteln reiner Wissenschaft
hab ich versucht, Erforschliches zu kennen,
das Klare klar, das Dumpfe dumpf zu nennen –,
hab eignes Denken immer streng gerafft.

An Meer und Ländern hab ich viel durchstreift,
hab gleich Odysseus in bewegten Jahren
von Menschenart und Menschenleid erfahren,
allmählich ist mein Bild der Welt gereift.

Hab dann versucht, ins Tätige zu wenden
des Wissens Gabe. Doch die Unbeschwerten
verlachten hell, was mich die Winde lehrten.

Nun scheint im Dunkel aller Weg zu enden.
Das Wissen liegt gebunden vor dem Streit.
Sein bestes Erbe heißt Gelassenheit.

LX · KASSANDRO

Kassandro hat man mich im Amt genannt,
weil ich der Seherin von Troja gleich,
die ganze Todesnot von Volk und Reich
durch bittre Jahre schon vorausgekannt.

So sehr man sonst mein hohes Wissen pries,
von meinem Warnen wollte keiner hören,
sie zürnten, weil ich wagte, sie zu stören,
wenn ich beschwörend in die Zukunft wies.

Mit vollen Segeln jagten sie das Boot
im Sturm hinein in klippenreiche Sunde,
mit Jubelton verfrühter Siegeskunde –

nun scheitern sie – und wir. In letzter Not
versuchter Griff zum Steuer ist mißlungen. –
Jetzt warten wir, bis uns die See verschlungen.

LXI · DIE BEIDEN FRÖSCHE

Wenn Ungeduld und Hoffnungslosigkeit
in mancher Stunde mir das Herz umzwängen,
die harten grauen Feinde fortzudrängen,
ist alte Fabel helfend mir bereit.

Ein kluger und ein dummer Frosch gerieten
in einen tiefen Eimer Milch hinein.
Die glatte Wölbung schien, nach langer Pein,
den beiden kein Entkommen je zu bieten.

Der Kluge sieht die Sache hoffnungslos,
gibt auf und sinkt. Der Dumme zappelt weiter ...
Nach Stunden springt er, müde zwar, doch heiter

von einem dicken, runden Butterkloß.
Ich lächle wohl. Doch muß ich mir gestehn,
am Ende möcht ich gern – die Butter sehn ...

Im alten Schiras ließ ein Schelm verbreiten,
er lehre seinen Esel, wie man spricht.
Der Schah erfuhr's, befahl dem frechen Wicht,
den klugen Esel zum Palast zu reiten.

»Du lehrst ihn sprechen?« »Ja!« »Was forderst du
für deine Kunst?« »Fünf Jahre Zeit und Lohn.«
»Gewährt. Doch spricht das Tier dann nicht, mein Sohn,
gibt's hundert Peitschen für das Jahr dazu!«

Der Schelm, der Esel bleiben in der Pracht.
Ein Freund besucht die beiden im Palast
und fragt besorgt: »Was du versprochen hast –

begreifst du, was es heißt?« – Der andre lacht:
»Der Schah – der Esel – ich – was ist dabei?
Wir können täglich sterben – alle drei!«

LXIII · KARDINAL BALUE

Nicht hoch genug, darin sich aufzurichten,
wohl zwanzig Jahre lag der Kardinal
gesperrt in solchen Käfig. Seiner Qual
gelang es nicht, im Geist ihn zu vernichten.

Der Kirchenväter viel umstrittnes Meinen,
in strenger Prüfung hat er's lang durchdacht,
in leuchtendes Französisch dann gebracht,
was gültig war in geistigem Erscheinen.

Er las und schrieb in seiner Kerze Sicht,
bis langsam ihm erlosch der Augen Kraft.
Den Greis entläßt man aus der grimmen Haft.

Den Blick verbergend vor dem grellen Licht
der Sonne schleppt ein Beter sich zum Dom ...
In dunkler Sänfte trägt man ihn nach Rom ...

LXIV · BOETHIUS

Vom edlen Ausklang römischer Geschichte
schenkt eines Mannes Buch die Zeugenschaft,
geschrieben vor dem Tod in strenger Haft:
»Der Weisheit Trost« – Gedanken und Gedichte.

Der Letzte, der dem römischen Senat
im Gotensturm die Würde streng erhielt –
hat nicht sein Leben höchsten Rang erzielt?
Des Todes Adel ward in ihm zur Tat.

Sein Tod hat keinen Untergang gewendet –
erloschen war die Kraft der alten Welt. –
Sein Tod hat nur den Untergang erhellt.

Und vielen hat er später Trost gespendet,
da seines Beispiels hohe Hilfe spürt,
wen gleiches Los auf gleiche Bahnen führt.

LXV · SIR THOMAS MORE

Sir Thomas lag im Tower lange fest,
bis man sich ernstlich auf den Block besann. –
Britanniens frauenwechselnder Tyrann
hätt' lieber seinen Kopf zum Dienst gepreßt.

Zuerst umwarb man ihm den strengen Sinn,
und mit Verlockung wurde nicht gespart –
dann quälte man und band. Ein langer Bart
entwuchs in dieser Zeit des Kanzlers Kinn.

Als man zum Block den Kopf ihm niedertat,
den unverführbar treuen, klaren, weisen,
schob er den Bart zur Seite, sprach mit leisen

gelaßnen Worten lächend: »Hochverrat
hat nur der Kopf und nicht der Bart begangen.«
Und lächelnd gab er sich dem Tod gefangen.

LXVI · BHAGAVADGITA

Ein junger Held, von dem sein Heer das Zeichen
zum Kampf erwartet, schaudert vor der Schuld.
Dem Zögernden, in väterlicher Huld
erscheint nun Krischna, ihm den Mut zu reichen,

zum ungehemmten Handeln in der Schlacht,
zum Handeln ohne Lust sogar im Bösen.
Dem Gott gelingt's, die Zweifel ihm zu lösen.
Er hebt den Arm. Die Schuld wird Sieg und Macht.

So endet jener Sang. Doch bleibt im Sein
die Frage, die der Fürst dem Gott gestellt:
Nach allem bösen Handeln in der Welt.

Drum heiß ich den vermessen, dennoch rein,
der sich im Traumbild eine Welt entwarf,
die Sterbens wohl, doch Tötens nicht bedarf.

LXVII · FRITJOF NANSEN

Von allen, die mein Auge selbst gekannt
aus denen, die der Menge hoch entragen,
(und viele durft ich nach dem Sinn befragen!),
am tiefsten hat mich Nansens Art gebannt.

Er war ein Starker, der in jungen Jahren
aus Wagemut, aus hellem Überschaum,
von keines Menschen Fuß durchmeßnen Raum,
des Nordens weite Welt von Eis befahren.

Dann hat an seinem Volk er Dienst getan,
hat neues Wissen lotend sich ergründet,
in edler Zeichnung reine Kunst verkündet –

um auf der Höhe seiner Lebensbahn
nur eins zu tun: der Menschen Leid zu mindern,
zu retten und zu helfen und zu lindern.

LXVIII · ALBERT SCHWEITZER

Den Arzt von Lambarene kenn ich nicht,
der Orgel spielt, den Meister Bach versteht,
als Deutender durch Christi Leben geht,
der Inder Denken prüft in klarem Licht.

Nur lebt er, in der Ferne lang verweilend,
am dunklen Kongo. Gerne fragt ich ihn,
warum er sich dem Abendland entziehn,
sich läutern mußte, kranke Neger heilend.

Ich wüßt ihn gerne frei von allem Streit –
vielleicht verwies er auf des Herzens Drang,
das ihn zu Dienst in schlichter Güte zwang,

vielleicht verwies er auf die wirre Zeit,
vielleicht auch lächelt er: Du blinder Tor!
und spielte mir die ›Kunst der Fuge‹ vor.

LXIX · KOSMOS

Ob sich in Klängen wie zu freier Wahl,
im Keplerschen Gesetz ihr Sinn enthüllt,
es muß wohl sein, daß diese Welt erfüllt
geheimnisvolle Harmonie der Zahl.

In Strahl und Schwingung zu gemeßnem Spiel
umwebt sich aller Stoff und löst sich wieder,
und alle Formen sind gewollte Glieder
in einem Weltgesetz, vor einem Ziel. –

Wer je den großen Bau der Welt bedacht,
und fühlte nicht, wie Gottes hoher Geist
noch über den Gesetzen wacht und kreist –

wie blind erscheint, wer Schöpfertum verlacht!
Wir kennen kaum den kleinsten Teil davon:
Gesetz ist Wunder, Zahl ist Weltenton.

LXX · OMAR KHAJJAM

Das dunkle Bild vom Töpfer und vom Ton,
das trunken sich der große Perser schuf,
das durch die Welt begleitet seinen Ruf –
man hat's mißdeutet, so als wär es Hohn,

als würf es auf den Schöpfer selbst zurück
des Menschen Mißgestalt, des Menschen Schmerz,
den tiefen Zweifel, der das reinste Herz
befallen muß, befragt's die Welt nach Glück.

Das Bild vom Töpfer und vom Ton bezeugt
nur eines: daß in dieser Erde Wind
die sämtlichen Geschöpfe sterblich sind. –

Wer sich dem Sinn des Dichters tiefer beugt,
der spürt im letzten Zweifel noch die Lehre,
daß man das nie zu Deutende verehre ...

LXXI · DER FASAN

Der größte Kaiser aus dem Haus der Tang,
Taitsung, ging einen Meister darum an,
ein Bild zu malen: Sterbender Fasan. –
Drei Jahre Frist der Meister sich bedang.

Im vierten lud er dann den Herrscher ein,
den goldnen Seidengrund sich anzusehn.
Der Kaiser kam – und sah im Flug entstehn
das wundgeschoßne Tier in seiner Pein.

»Vollendet!« sprach er mit erstaunter Frage.
Der Meister führt im nächsten Raum ihn stumm
an hundert unvollendeten herum. –

So lehrt ein Künstler Schöpfertum der Tage.
Von Gottes Welt – so geht nun das Geschrei –
wird gleich gefordert, daß sie fertig sei.

LXXII · PAOLO E FRANCESCA

Von allem, was des Florentiners Blick
an mächtigen Gesichten aufgegangen,
mag eines rühren: wie noch eng umfangen
die Liebenden erzählen ihr Geschick.

Und wenn wir zwischen Marter, Qual und Stöhnen
erschrocken vor dem seherischen Bild,
so lassen die verbundnen Seelen mild
ein Lächeln zu – ist's doch wie ein Versöhnen.

Daß nicht einmal der strenge Richter Dante,
der in der Sühne nichts an Härte meidet,
umschlungne Schatten voneinander scheidet –,

so darf auch der zum Höllenkreis Verbannte
Gewißheit haben: Wenn die Seele brennt,
kein Schicksal eine große Liebe trennt.

LXXIII · TRAUMGESICHT

Du hast so lange mich im Traum gemieden,
Du früh Verblichne. Heute warst Du da,
so jung, so unzerstört, so seltsam nah,
wie damals, als zum erstenmal wir schieden.

Wie loderten in jener Nacht die Sterne,
wie schien die Welt voll Glück. Wie lang ist's her.
Wie wurden Dir die jungen Jahre schwer.
Wie trieb es mich hinaus in alle Ferne.

Nun prüfst Du mich im Traum. Es ist kein Schmerz
und keine Trauer mehr in ihm gewesen.
Du nickst und flüsterst. Bist Du nun genesen? –

Ich liege still. In Ruhe schlägt mein Herz.
Geblieben – ist ein Dank. Der Dank soll ziehn
hinauf zu Deinem Grab im Engadin.

LXXIV · KAMI

Vor vielen Gräbern hätt ich mich zu neigen,
um nach des fernen Ostens tiefem Brauch
noch Dank zu sagen, eh der eigne Hauch
hinüberweht – nun muß ich's aus dem Schweigen

der Zelle tun. Die Seele loszubinden
von aller Umwelt hab ich längst gelernt,
sie lenken, wenn sie suchend sich entfernt. –
Die Toten helfen ihr, die Bahn zu finden.

Die Toten wissen die besondren Zeichen:
Sie bleiben stumm für Seelen, die begehren,
und stumm für Seelen, die noch nicht verehren –

doch lassen sich die Toten gern erreichen,
wenn man, befreit von aller Wünsche Weben,
nur kommt, um ihnen Lebensdank zu geben.

LXXV · MIYAJIMA

Ein Tempeltor, durch das die Wasser ziehn,
am Strand geschwungner Steinlaternen Reihe,
uralter Kiefern leis durchrauschte Weihe,
und Rehe, die vor keinem Menschen fliehn.

An plätscherndem Gewässer steigt empor
den Hang ein Pfad von Stufen, im Verblühn
von reichster Wildnis: Rot und Gold und Grün.
Aus Abendwolken bricht die Sonne vor...

Der Gipfel – goldne Nebel ringsherum
und Inseln ungezählt, Gebirge, Meer –
aus lichter Tiefe schimmern Segel her. –

Du hohes Eiland, stilles Heiligtum
in Japans blauer See, bewahre rein
durch alle Zeiten deiner Geister Sein!

LXXVI · WAHRSAGE

In Penang, mein ich, war's, daß aus der Hand
ein alter Inder suchte mein Geschick.
Er maß mich lang mit klug-erfahrnem Blick –
und schwieg von vielem, was er tastend fand.

Geschmeichelt hat er nicht. Nun sinn ich dran,
daß manches an Verheißnem sich erfüllt –
so prüf ich andres, was er mir enthüllt
auf Abbruch oder Dauer meiner Bahn ...

Ich solle spät – er zeigt auf seinen Bart
von weißem Haar – nach Asien wiederkehren –
und viele würden dann mein Wort verehren ...

Wie gerne zög ich ostwärts auf die Fahrt!
Wer ist so wenig Tor, daß er sich nimmer
verlor an eines Traumes fernen Schimmer ...

LXXVII · WIND VOM MEER

Es pfeift von draußen. Tiefe Wolken treiben,
von hellem Blau zuweilen jäh durchdrungen –
Nordwestwind ist in Stößen aufgesprungen
und rüttelt laut an Gitterwerk und Scheiben.

Er drängt in meine Zelle. Kann es sein –
die Nase prüft –. Ist's nicht wie eine Spur
von Salz in dieser Luft? Wär's Täuschung nur?
und plötzlich rauscht das Meer zu mir herein.

Die Lippen summen leis das Hornsignal,
das mich so oft auf hoher See geweckt,
am frühen Morgen, wohlig ausgestreckt,

gewiegt von langer Dünung Berg und Tal ...
Ich fahre wieder. Dort – am Horizont –
ist's nicht der Glast von Rio, der sich sonnt?

LXXVIII · JAN MAYEN

Von Grönland wandern weiße Nebel her.
Die Luft ist kalt und still. Gelassen gleitet
ein Bug dahin, der leichte Wellen breitet
auf unbewegtes, milchig blaues Meer.

Die Nebel fließen aus des Schiffes Bahn
und öffnen plötzlich ungeheure Sicht.
Umspielt von Schleiern, hebt sich hoch ans Licht
verlassner Insel mächtiger Vulkan.

An seinen Flanken strömen Gletscher nieder,
und wenn es heiß aus dunkler Tiefe stöhnt,
dann klirrt sein heller Mantel, birst und dröhnt –

im Sturz ins Meer. Dann ruht der Riese wieder,
als ob er ganz in Eises Banden schliefe, –
und nichts mehr glüht und wühlt in seiner Tiefe.

LXXIX · VAL TUOI

Vom hohen Gipfelglück des Piz Buin
im Val Tuoi zog unsre Wanderspur
durch weicher, bachdurchrauschter Almen Flur,
durch Arvenwald hinab ins Engadin.

Ich fühlte, wie die Zeit des Glücks entrann,
so flüchtig wie des Morgens klare Luft,
so flüchtig wie der Matten süßer Duft –
ich sah zurück auf Eis und Fels und sann:

Wär's nicht ein schöner Schluß für meine Tage,
dort oben müd in weichen Schnee zu sinken,
zum letztenmal der Sonne Schein zu trinken

und einzuschlafen ohne Wunsch und Klage? –
Wir wandern fort. Ich denke still zurück
ans Val Tuoi, an Gipfel, Tod und Glück.

LXXX · ZEIT

Ich träumte viel bei Nacht und viel bei Tag.
Die Zeit ist ohne Wert. Ich kann vergessen,
der Stunde wie der Woche Gang zu messen,
wenn ich mich nicht auf sie besinnen mag.

Doch wittern auch die Träume wohl die Zeit. –
Erwach ich dann im Dienstgeklirr der Schlüssel,
vom Mittagsruf nach meiner Suppenschüssel,
und raffe mich, zum Täglichen bereit:

Dann weiß ich, aus den Träumen aufgestört,
wie einer fühlt in seinen letzten Stunden,
der an ein ruderloses Boot gebunden,

den Fall des Niagara tosen hört.
Die Wasser schlagen an des Bootes Rand.
Sie strömen rasch. Gebunden – ist die Hand ...

ANHANG

Nachwort von Ursula Laack-Michel

I.

Es mag noch nicht eine Stunde nach Mitternacht gewesen sein in der mondlosen regnerischen Nacht vom 23. zum 24. April 1945, da peitschten Schüsse über das Trümmerfeld zwischen Lehrter Straße und Potsdamer Bahnhof in der Hauptstadt des »Großdeutschen Reiches«, um die sich einen Tag später der sowjetrussische Belagerungsring schloß. Acht Menschen verschiedenen Alters, Herkommens und Geistes, einig nur in freilich unterschiedlich begründetem Haß und Abscheu und in bitterer Verachtung des zwölf Jahre dauernden nationalsozialistischen Regimes, Häftlinge der Gestapo, brechen unter Pistolenschüssen in den Ruinen eines ehemaligen Ausstellungsgeländes zusammen. Man hatte ihnen gesagt, sie würden aus dem Gefängnis Moabit »verlegt«, und sie unter dem Vorwand, den Weg zum Potsdamer Bahnhof abkürzen zu wollen, in das Trümmergelände geführt. Hoffend, daß diese Verlegung das Ende der Haft bedeute, mögen sie in diesen Minuten die Freiheit zum Greifen nahe geglaubt haben. –

In einiger Entfernung fällt eine zweite Salve. Sechs weitere Häftlinge werden niedergestreckt. »Beeilen!« schreit der SS-Sturmführer, »wir haben noch mehr zu tun – sonst wird es hell!« Genickschüsse für die, die sich noch bewegen oder leise stöhnen. – Dann entfernen sich die Tritte schwerer Stiefel. –

Einer überlebte, ein junger Kommunist, der trotz eines Kopfdurchschusses bei vollem Bewußtsein alles mitangehört hatte. Da er sich totstellte, entging er dem »Gnadenschuss«. Ihm ist zu danken, daß die vierzehn Ermordeten Wochen später gefunden wurden. Man hatte ihnen, bevor man sie umbrachte, alle Wertgegenstände genommen. Doch einer der Toten hatte sich nicht von dem Ureigensten, Teuersten getrennt, das ihm in der Haft geblieben war, das erst die Einsamkeit der Zelle zutage gefördert hatte: Bilder, Erinnerungen, unverlierbarer Besitz des Geistes – auf zwölf zusammengefalteten, blutbefleckten Blättern im DIN-A4-Format, eng mit Bleistift beschrieben, das Manuskript der achtzig Gedichte, die man später die ›Moabiter Sonette‹ nennen wird.

In ihnen spiegelt sich in vielfacher leidvoller Brechung die Lebensgeschichte ihres Verfassers, aber auch der schwermütige Ästhetizismus, die gezügelte Leidenschaft und das vorausempfundene Leiden einer ganzen Generation, die den Untergang einer Welt, einer Kulturform, in der sie tief verwurzelt war, ahnend erfühlte und im voraus erlitt, ohne noch die Kraft zu besitzen, sich energisch gegen die Zerstörung, die Perversion zu stemmen.

II.

Albrecht Haushofer, am 7. Januar 1903 in München geboren, war der Sohn des Generals, Professors und späteren Begründers der »Geopolitik« als wissenschaftlicher Disziplin in Deutschland Karl Haushofer, der zu den umstrittensten Persönlichkeiten der jüngeren deutschen Geschichte zählt. In Karl Haushofer verband sich im besten Sinne »preußische« Treue zum bayerischen Königshaus, die ihn die militärische Laufbahn einschlagen und den ältesten Sohn als Ausdruck dieser Ergebenheit nach dem bayerischen Thronfolger Albrecht nennen ließ, mit einem starken künstlerischen Talent, das sich nicht nur in der barocken bilderreichen Sprache seiner wissenschaftlichen Arbeiten zeigt, sondern auch in einer Reihe von lyrischen Versuchen.

Ausgedehnte Reisen führten ihn nach Süd- und Ostasien. Vor dem Ersten Weltkrieg hielt er sich mehrere Jahre als militärischer Beobachter in Japan auf, dem er fortan besondere Sympathien entgegenbrachte, während sein Sohn Albrecht sich später mehr von der älteren chinesischen Kultur angezogen fühlte. – Als bayerischer Oberst nahm er am Ersten Weltkrieg teil und wurde als Generalmajor verabschiedet. Nach dem Zusammenbruch der traditionellen Gewalten, denen er als Soldat gedient hatte, betätigte er sich für kurze Zeit, der national liberalen Familientradition folgend, in München für die Deutsche Volkspartei Stresemanns, wandte sich aber bald ganz der wissenschaftlichen Arbeit zu. –Auf dem Wege der Hinwendung zu einer im Dienste praktischer politischer Erfordernisse stehenden Wissenschaft zog er für sich die Konsequenz aus dem epochalen Umbruch, den der Ausgang des Krieges bedeutete. An die Stelle der konkreten persönlichen Verpflichtung als Soldat dem Herrscher gegenüber trat die abstraktere Verpflichtung dem Volk gegenüber und dem neuen Reich, freilich ohne dessen Staatsform, die Republik, wirklich zu bejahen. Karl Haushofer bemühte sich darum, als »Raum-Wissenschaftler« die geographischen Grundlagen und Voraussetzungen des politischen Gebildes zu untersuchen, um damit dem Staatsmann helfend die Richtung seiner Ziele und Möglichkeiten zu weisen. An der inneren Einstellung hatte sich nichts geändert.

Diese Haltung des dienst- und verantwortungswilligen Untertanen und Staatsbürgers zugleich hat sein Sohn Albrecht als eines der sein Leben bestimmenden Elemente im Elternhaus kennengelernt.

Die Verbindung Karl Haushofers mit dem Nationalsozialismus wurde und wird auch heute noch so weit überschätzt, daß man im westlichen Ausland und – wie nicht anders zu erwarten – in Publikationen der DDR[1] in ihm eine Art »Grauer Eminenz« des Nationalsozialismus sah und sieht, die dem Regime Hitlers das pseudowissenschaftliche Rüstzeug für eine rücksichtslose, menschenverachtende Expansionspolitik lieferte.

Die Einstellung Karl Haushofers zum Nationalsozialismus entsprach durchaus der des monarchisch gesinnten geistig liberalen, politisch konservativen Bildungsbürgertums in Deutschland in der Zeit zwischen den Weltkriegen. Die grundsätzliche Ablehnung der Versailler Neuordnung Europas, gegen die er in seinen Schriften immer wieder polemisierte, führte ihn weitläufig mit den Nationalsozialisten zusammen, die den »Versailler Schandfrieden« und die »Erfüllungspolitik« der weiterblickenden Staatsmänner der Weimarer Republik am heftigsten und schamlosesten propagandistisch angriffen. In Republikfeindlichkeit und Mißtrauen gegenüber dem parlamentarischen System begegnete Karl Haushofer allerdings auch der Meinung eines im Laufe der Jahre immer größer werdenden Teiles des deutschen Volkes, das noch längst nicht reif war für diese schwierige Staatsform, die 1918 kaum jemand ernsthaft gewollt hat, als Philipp

[1] Vgl. G.Heyden: *Kritik der geopolitischen Expansionsideen des deutschen Imperialismus, in: Beiträge zur Kritik der gegenwärtigen bürgerlichen Geschichtsphilosophie,* hg.v. R. Schulz. Leipzig u. Berlin-O 1958, S. 481-543, bes. Die faschistische geopolitische Schule Karl Haushofers, S. 487ff.

Auch im Kommentar zur Ostberliner Neuauflage der ›Moabiter Sonette‹ aus dem Jahr 1975 findet sich der Satz: »Sein Vater, der Geograph Karl Haushofer, war der führende Vertreter der faschistischen Geopolitik in Deutschland.«

A. Haushofer: *Moabiter Sonette,* Union Verlag (VOB) Berlin 1975, S. 97f.

Scheidemann am 9. November vom Fenster des Reichstagsgebäudes in Berlin angesichts der Bedrohung von links und rechts die »Deutsche Republik« ausrief. Parlamentarismus und die republikanische Staatsform waren aber lediglich das geringste von allen Übeln; sie »blieben schließlich als die einzigen Möglichkeiten noch übrig«,[1] wie Friedrich Payer schon 1923 feststellte.

Im persönlichen Bereich hat die Verbindung zu Rudolf Heß die Einstellung Karl Haushofers zum Nationalsozialismus erheblich beeinflußt. Er hegte ein seltsames, schwer zu beschreibendes, aber für ihn bezeichnendes freundschaftliches Verantwortungsgefühl für den jüngeren Kriegskameraden, dessen persönliche Lauterkeit er schätzte, ohne seine Unselbständigkeit und Labilität zu verkennen. Diese starke emotionale Bindung ließ ihn Rudolf Heß als Schüler an die Münchener Universität und dann als Mitarbeiter in die Deutsche Akademie ziehen und auch späterhin sein politischer Berater bleiben. Die Lehren Karl Haushofers haben den wesentlichsten Beitrag dazu geleistet, daß Rudolf Heß als »Stellvertreter des Führers« 1941 aus Angst vor einem angesichts des geplanten Angriffs auf Rußland bevorstehenden Zweifrontenkrieg im Alleingang und unter völlig falschen Voraussetzungen einen Frieden mit England zu vermitteln suchte.

Das Wesen des Nationalsozialismus hat Karl Haushofer wie viele andere, denen die niederschmetternde Erkenntnis unvorstellbarer Amoralität zu spät kam, bis etwa zum Jahre 1938/39 hin gründlich verkannt. Darum konnte sich die nationalsozialistische Propaganda auf seine Ideen berufen, ohne daß er sich dagegen zur Wehr setzte.

Wie viele andere hat er seinen tragischen Irrtum auf leidvolle Weise bezahlen müssen. Unter dem Eindruck der Folgen der sinnwidrigen Verkehrung der von ihm geprägten Begriffe ist er seelisch zusammengebrochen. Er hat sich, schon vor Kriegsbeginn in den Hintergrund gedrängt und schließlich auch wegen seiner Ehe mit einer halbjüdischen Frau bedroht, nicht mehr aus der Verstrickung lösen können. Die Siegermächte haben es ihm zwar erspart, auf der Nürnberger Anklagebank erscheinen zu müssen, um nicht »den Anschein zu erwecken, daß ein Strafverfahren wegen Ideen und akademischer Lehren eingeleitet

[1] F. Payer: *Von Bethmann-Hollweg bis Ebert*, Frankfurt 1923, S. 22.

wurde«,[1] wie es neben anderen Gründen hieß; aber für ihn selbst war es unausweichlich geworden, sein gesamtes wissenschaftliches Werk einer kritischen Überprüfung zu unterziehen, deren Ergebnis fast einem schmerzerfüllten Widerruf gleichkommt. In seiner ›Apologie‹ bemüht er sich aber zugleich, neue Wege für die deutsche Geopolitik anzudeuten und über die Irrwege der nationalsozialistischen Epoche – und damit auch über sich selbst! – hinauszuweisen.

Der Tod des Sohnes, der sein Lebenswerk als Wissenschaftler fortsetzen sollte, war schließlich das schwerste Opfer, das ihm auferlegt war. Albrecht Haushofer hat die schicksalhafte Tragik seines Vaters durch und durch gefühlt. Das zeigt nicht zuletzt das Sonett ›Der Vater‹, in dem es heißt:

»Für meinen Vater war das Los gesprochen.«

Und ohne Schuldvorwurf, mehr entschuldigend als anklagend, zeiht er ihn der Blindheit, der Sünde derer, die unfähig sind, auf der Grundlage ihrer eigenen sittlichen Integrität das Böse zu erkennen, zu begreifen:

»Den Hauch des Bösen hat er nicht gesehn.
Den Dämon ließ er in die Welt entwehn.«

Nach der mit der persönlichen untrennbar verknüpften Rechtfertigung seiner Wissenschaft hat Karl Haushofer im März 1946 gemeinsam mit seiner Frau Martha Haushofer den Freitod gewählt, obwohl er zu dieser Zeit längst aus der unmittelbaren Verstrickung in die Militärgerichtsverfahren gelöst war. Damit zog er den Schlußstrich unter ein Leben, dessen Werk er selbst durch Mißbrauch seiner Ideale und Zielsetzungen als zerstört empfand.

Sein Sohn Albrecht war im vitalen Kern seiner Persönlichkeit wesentlich stärker noch als vom Vater vom mütterlichen Erbe abhängig und geprägt.

Von der Tiefe der persönlichen Bindung an die Mutter zeugt eines der bekanntesten und schönsten der ›Moabiter Sonette‹, das in geringer Abweichung vom Titel des dem Vater gewidmeten Gedichts – das ein wenig distanzierend den Artikel hinzufügt – die schlichte Überschrift ›Mutter‹ trägt und in leisen Tönen Angst und Schwermut eines bewußten letzten Abschieds ohne Sentimentalität beschreibt; daneben auch ›Der Schwanenring‹, in dem

[1] E.A.Walsh: *Wahre anstatt falsche Geopolitik für Deutschland*, Frankfurt/M. 1946, S. 12.
Die Schrift enthält auch Karl Haushofers ›Apologie der deutschen Geopolitik‹.

die Mutter eingesetzt wird, das Erbe zu verwalten, dem er sich im Sinne Goethes als Glied in einer langen Kette der Geschlechter verpflichtet fühlte.

Aus dem mütterlichen Erbe verständlich ist auch Albrecht Haushofers Beziehung zu dem Stück Erde, zu der Landschaft, die er, der buchstäblich im Sinne der Odyssee »Vielerfahrene«, als Heimat empfand: dem Werdenfelser Land und der Partnachalm, dem Erbe der in Partenkirchen lebenden Großmutter. Dorthin floh er nach dem gescheiterten Attentat des 20. Juli 1944; dorthin fliehen die Gedanken des Gefangenen in den Gedichten ›Partnachalm‹, ›Abschied‹ oder ›Honig‹; dort suchen sie »Frieden, Rast, Versenkung«, die dem Ruhelosen, Getriebenen doch stets verwehrt blieben.

Albrecht Haushofer verlebte seine Kindheit und Jugend in München. 1917 trat er in das Münchener Theresiengymnasium ein. In seinen Jugenderinnerungen beschreibt der Historiker Hermann Heimpel den Mitschüler Albrecht Haushofer als einen schon in seinem äußeren Habitus seltsam aus der Gemeinschaft der Klassenkameraden herausfallenden Einzelgänger, »reich an Bildung, arm an Waffen«,[1] dem es immer schwer fiel, zu seiner Umwelt und zu Gleichaltrigen Kontakt zu finden. Sein überdurchschnittlicher Besitz an Bildungsgütern verschaffte ihm zwar Achtung, distanzierte ihn aber auch von seinen Mitschülern. So blieb er ein Außenseiter; »er ging sozusagen auf dem Trottoir, wenn die anderen auf der Straße marschierten«.[2]

Die vom Geist einer »realistisch durchsetzten Romantik«[3] bestimmte Atmosphäre des Elternhauses, in der sich spätromantischer Historismus mit der Pflege eines Schopenhauer und Nietzsche verpflichteten Aristokratismus und Skeptizismus begegnete, in der Shakespeare und Goethe zitiert wurden, – sie bildete die seelisch-geistige Grundlage der Kindheits- und Jugenderfahrungen Albrecht Haushofers, zu denen die intime Bekanntschaft mit der heimatlichen Alpenlandschaft und auch die Begegnung mit der Musik gehörten. Er hat sich schon früh an eigenen Kompositionen versucht und beherrschte das Klavier mit größerem Können als nur dem eines begeisterten Dilettanten. Auch in seiner späteren Berliner Wohnung fehlte das Instrument nicht.

[1] Hermann Heimpel: *Die halbe Violine*, Stuttgart 1949, S. 225.
[2] Ebd. S. 227.
[3] Ebd. S. 271.

Im Sommer 1920 endete die Schulzeit am Theresiengymnasium mit einer Abschlußfeier im Freundeskreis, zu dem auch Hermann Heimpel gehörte; er berichtet davon in seinen Erinnerungen: »Später ... hielt Albrecht Haushofer eine große Rede. Er sprach von Deutschland, so liebevoll, wie man es von ihm nicht gewohnt war, von der ganzen Welt und von den Steinen und Sternen, von der Geschichte und von der Zukunft, mit einem dunklen Ernst, als trüge er die Weisheit der Jahrtausende in das Buch der Zukunft ein, als stehe etwas bevor. Es schien hoffnungslos zu sein, düster und süß. Da sie die Rede nicht ganz verstanden, doch vollständig billigten, schwiegen sie ... «[1]

Wie auch immer diese von den zuhörenden Kameraden kaum verstandene Rede geartet gewesen sein mag: sie war sicher zum großen Teil Niederschlag der Eindrücke des deutschen Zusammenbruchs nach dem Ersten Weltkrieg. Obwohl Albrecht Haushofer nicht mehr zu der Generation gehörte, die das Kriegserlebnis unmittelbar betraf, hatte der Krieg und sein Ausgang doch wesentliche Bedeutung für das frühe Interesse an politischen Vorgängen und prägte auch seine späteren politischen Vorstellungen. In seinem Erinnerungsbuch, dessen Titel ›Wir sind die Letzten‹ Zitat aus dem Sonett ›Das Erbe‹ ist, berichtet Rainer Hildebrandt, einer der späteren Schüler Albrecht Haushofers, der Vierzehnjährige habe auf die Frage, was er denn später werden wolle, ohne Umschweife geantwortet: »Deutscher Außenminister«.[2] Mag das auch eine Legende sein, so ist sie doch bezeichnend für den jungen Albrecht Haushofer.

Die Münchener Unruhen des Frühjahrs 1919, den gescheiterten Versuch, eine Räterepublik zu etablieren, politische Verbrechen wie den Mord an Kurt Eisner und die Geiselerschießungen im Luitpoldgymnasium, hat Albrecht Haushofer als Schüler fast aus nächster Nähe miterlebt. Er behielt die Erinnerung daran wie ein Trauma für sein ganzes Leben. Noch zehn Jahre später waren die Novemberereignisse des Jahres 1918 und alles, was ihnen unmittelbar folgte, für ihn »eine unerschöpfliche Quelle von Haß, Mißtrauen, Zorn und Spott«.[3]

Die skeptisch-ablehnende Einstellung gegenüber allem, was nach 1918 in Deutschland, in Europa und in der Welt geschah,

[1] Ebd. S. 272f.
[2] R. Hildebrandt: *Wir sind die Letzten,* Berlin 1949, S. 44.
[3] Brief Albrecht Haushofers aus Berlin vom 7. XI. 1928 an die Eltern.

läßt Albrecht Haushofer im Zusammenhang mit anderen Charakterzügen zuweilen als einen um ein Jahrhundert zu spät Geborenen erscheinen. Er sehnte sich gefühlsmäßig zurück in eine Zeit der geordneten und streng gegliederten gesellschaftlichen Verhältnisse, für deren Zerstörung er die neuen gesellschaftlichen Kräfte und die von ihnen ausgehenden revolutionären Impulse verantwortlich machte. Erst in den 30er Jahren erkannte er mit zunehmender Deutlichkeit, daß die alte Ordnung letztlich überlebt und an ihrer eigenen Schwäche zugrunde gegangen war. Er aber blieb immer ein Einzelgänger, sowohl im privaten Kreis seines Lebens als auch auf seinem Weg als Wissenschaftler und Politiker. Unterwerfung gegenüber den Intentionen einer größeren Menge, Anpassung an kollektive Meinungsbildung innerhalb einer politischen Partei und letzten Endes auch demokratische Kompromißbereitschaft widersprachen dem individualistisch-aristokratischen Grundzug seines Wesens.

Gegen Ende seiner Studentenjahre gab er eine dieser geistigen Verfassung entsprechende Selbstdarstellung in dem dramatisch-dialogischen Versuch ›Abend im Herbst‹.[1] In diesem literarischen Frühwerk geht es eigentlich um nichts anderes als die Selbstanalyse des Verfassers, der sich selbst als den Älteren und Weiseren im Kreis der wenigen Freunde zu beschreiben sucht, die nur als Spiegel dienen für das eigene Ich, das sich als ganz anders gearteter, einsamer und exzentrischer Kern des Dialogablaufes sieht, herausgehoben und belastet zugleich von weiterem und tieferem Wissen und darum lebendiger Vorwurf für die anderen. Eitle Unduldsamkeit und weltschmerzhafte Trauer darüber, daß der eigene, so gezeichnete – und so gewollte! – Charakter mit der Welt in Widerspruch zu stehen scheint, sprechen aus diesem kleinen, in der Form schon ganz durchgebildeten und an Hofmannsthal angelehnten Drama.

1924 schloß Albrecht Haushofer sein Studium der Geographie und Geschichte mit der Promotion ab. Die Dissertation ›Paßstaaten in den Alpen‹ verrät deutlich die Grundlage des geopolitischen Denkens des Vaters, obwohl der Begriff »Geopolitik« bewußt vermieden wird. In einer Rezension wird ihm zwar vorgeworfen, methodisch »vielleicht etwas zu weit« ausgeholt zu haben, aber abschließend heißt es: »Den heranwachsenden Geographen und Geopolitikern sei diese vorzügliche Studie als Bei-

[1] A. Haushofer: *Abend im Herbst*, als Manuskript gedruckt 1927.

spiel tiefschürfender und gleichzeitig weitschauender Forschung wärmstens empfohlen!«[1]

Diese Kritik weist auf die schon damals deutlichen Vorzüge des Denkens und der Arbeitsweise Albrecht Haushofers hin, zeigt aber auch die Gefahren, die das »tiefschürfende« und »methodisch zu weit ausholende« Denken als Hemmnis für Entschlußkraft und Handeln aufbaut.

Albrecht Haushofer schlug einen Weg ein, der ihn ausschließlich in die wissenschaftliche Laufbahn zu führen schien. Er ging als Assistent des Geographen Albrecht Penck nach Berlin und nahm nach außen hin aktiv am »Wissenschaftsbetrieb« der ausgehenden 20er und beginnenden 30er Jahre teil. Schon 1929 war er Generalsekretär der Berliner »Gesellschaft für Erdkunde«, verantwortlicher Herausgeber der Zeitschrift der Gesellschaft und veröffentlichte selbst in dieser Zeit neben einer Fülle von Routinearbeiten eine ganze Reihe wissenschaftlicher Aufsätze, – fand aber keine innere Befriedigung in diesem Tun.

Seine Skepsis ging tief. Sie betraf den gesamten Bereich der wissenschaftlichen Forschungsarbeit, ihre Bedeutung, ihren Sinn. Ihm fehlte in vielen der Aufgaben, die sich ihm stellten, der lebendige Bezug zur Gegenwart, der politische Ansatz, der alle seine gelungenen wissenschaftlichen Arbeiten auszeichnet und es zugleich so schwer macht, rein wissenschaftliches und politisches Denken klar gegeneinander abzugrenzen. Auf der Suche nach dem »Sinn des Ganzen« fand er nur »tausend Augenblicke« ohne Ziel und Zusammenhang, um dessen Erkennen er ein qualvolles Ringen mit sich selbst führte. Resignation stellte sich ein, die in der These gipfelte, daß ihm zum Wissenschaftler der Glaube an den Sinn seiner Wissenschaft, zum Lehrer aber menschliche Wärme und Kontaktfähigkeit fehle. Zweifel an sich selbst, leidenschaftliche Empfindlichkeit gegenüber allen, die sie nicht teilten, beherrschten ihn; und er hat diese Verzweiflung, die ihn immer wieder überfiel, wenn überhaupt, dann vielleicht erst in den Monaten der Haft im Winter 1944/45, als die ›Moabiter Sonette‹ entstanden, überwinden können.

Die wissenschaftliche Arbeit der ersten Berliner Jahre wurde durch ein weitgespanntes Reiseprogramm unterstützt. Im Sommer 1924 unternahm Albrecht Haushofer eine mehrmonatige private Studienreise nach Südamerika, deren eigentliches Ziel

[1] Erich Obst: Rezension in ›Zeitschrift für Geopolitik‹ 1928, H. 6, S. 522.

Brasilien war. Weitere Auslandsreisen, die ihn 1925 nach Skandinavien, im Sommer 1927 zu bodenkundlichen Weltkongressen nach Nordamerika und 1930 in die UdSSR sowie in den Jahren von 1928 bis 1938 mehrfach vor allem nach England, aber auch in fast alle anderen europäischen Länder führten, ließen ihn neue persönliche und wissenschaftliche Verbindungen anknüpfen. Und neben den wissenschaftlichen Ergebnissen entstand als persönlicher Niederschlag des Reiseerlebnisses schon in diesen Jahren eine Reihe von Gedichten, die z. T. in einem schmalen Band 1932 als Privatdruck veröffentlicht wurden. Ein Beispiel, in das die Stimmung dieser Jahre eingegangen ist – das spätromantische, ein wenig müde, ästhetisierende Fernweh, meditative Sehnsucht und Anklänge an Hofmannsthals Mystizismus, aber auch noch etwas Weltflucht und Weltschmerz – ist das Gedicht

Am Stillen Weltmeer

Ein wenig müde und ein wenig trunken
Von Weltenfülle wie von Einsamkeit,
Betracht' ich diese Wellen – still versunken
Im unermüdlich stillen Spiel der Zeit.

Der Nebel wogt in grauer Fetzendecke
Vom Ozean zum dunkelgrünen Land.
Und hinter mir versinkt die Reisestrecke,
Des Stillen Meeres heller Sonnenstrand. ...

Unendlich lang, daß ich zum ersten Mal
Sein tiefes Blau befuhr. Unendlich weit –
Und wieder spielt die Woge Berg und Tal,
Und wieder schwindet mir der Sinn der Zeit,

Und wieder fragt es aus der dunklen Erde,
Und wieder fragt's in mir: Woher? – Wohin?
Ich weiß nur, daß ich weiterwandern werde –
Und daß ich wohl ein wenig müde bin.

Die Früchte der wissenschaftlichen Arbeit reiften erst später, allem Skeptizismus und aller äußeren Bedrohung zum Trotz, wie es scheinen mag. Das freilich fragmentarische wissenschaftliche Hauptwerk, die ›Allgemeine politische Geographie und Geopolitik‹, dessen erster Teil 1944 ohne staatliche Genehmigung im Vowinckel-Verlag als Manuskript gedruckt wurde, allerdings –

Wagnis genug war das Unternehmen zu diesem Zeitpunkt in jedem Fall! – ohne die Abschnitte, deren Veröffentlichung auf Grund der darin enthaltenen Thesen zur Rassenfrage im nicht-nationalsozialistischen Sinne ganz unmöglich war, dieses Werk legte den Grund zu einer neuen, den Namen »Wissenschaftlichkeit« wirklich verdienenden Disziplin.

III.

Das Jahr 1933 hat im Leben Albrecht Haushofers wie in dem vieler Zeitgenossen in Deutschland den Charakter einer Zäsur, die er wahrscheinlich rascher, tiefer und schmerzlicher empfand als mancher andere. In einem Brief an die Mutter, der in den Tagen der letzten Reichstagswahl im März 1933 geschrieben wurde, steht:

> »... und der einzige Trost ist ein sehr negativer – nämlich die Überzeugung, daß wir einer so großen allgemeinen Katastrophe entgegengehen, daß es auf die persönliche bald nicht mehr ankommen wird.«[1]

Anders als der Vater hat er selbst mit der seismographischen Empfindlichkeit seines sensiblen Intellekts – das ist eine der Wirklichkeit durchaus entsprechende Paradoxie – sofort gespürt, gewußt, was bevorstand. Nichts ist falscher als die Behauptung, die sich noch 1963 in der deutschen Tagespresse fand: »Er war wie viele begabte junge Menschen ein Anhänger des Nationalsozialismus. ... Als er begriff, daß der Idealismus seiner Generation und seine Wissenschaft mißbraucht wurden, wandte er sich von Hitler ab und wurde einer seiner entschlossensten Gegner.«[2]

Es ist durchaus erfreulich, daß derartige Behauptungen heute auch im Kommentar zu der Ostberliner Ausgabe der ›Moabiter Sonette‹ nicht wiederholt werden. In diesem Kommentar von Eike Middell heißt es: »Aus Erinnerungen der Hörer Haushoferscher Kollegs geht hervor, daß der junge Professor in seinen Vorlesungen und Seminaren für jene, die zu hören verstanden, aus seiner kritischen Haltung gegenüber der politischen Praxis

[1] Brief Albrecht Haushofers aus Berlin vom 3. /5. III. 1933 an die Eltern.
[2] ›Die Welt‹, Nr. 5, 7. I. 1963, S. 3.

des deutschen Faschismus trotz Bespitzelung durch die Gestapo wenig Hehl machte. Was er zu sagen hatte, war in historische Gleichnisse verschlüsselt: im akademischen Vortrag und im Versuch der dichterischen Artikulation.«[1]

Und auch der Satz: »Dabei bleibt jedoch unverkennbar, daß es sich hier um einen im wesentlichen konservativ motivierten Antifaschismus aus geistigem Aristokratismus handelt.«[2] ist durchaus richtig.

Albrecht Haushofer hat sich durch die spektakulären Vorgänge der »Machtergreifung«, die sich über den 30. Januar 1933 hinaus im Reichstagsbrand und im »Tag von Postdam«, der symbolträchtigen Vereinigung des Nationalsozialismus mit der monarchisch-konservativen Rechten fortsetzten, nicht beeindrucken lassen. Und obwohl er die politische und diplomatische Unzulänglichkeit der nationalsozialistischen Führung kannte, verfiel er doch nicht dem Fehler, den in den Jahren 1932 und 1933 ein großer Teil gerade der geistigen Elite in Deutschland machte, die Nationalsozialisten schon auf Grund ihres Auftretens nicht ernst zu nehmen und ihre Herrschaft nur für einen vorübergehenden Spuk zu halten.

Die Schwierigkeit, Albrecht Haushofers Verhalten in den folgenden zwölf Jahren zu begreifen, liegt darin zu erklären, warum er trotz der Verachtung, die er für den Nationalsozialismus und die meisten seiner Politiker und Ideologen von vornherein empfand, dennoch jahrelang mit ihnen zusammengearbeitet, sich anscheinend in ihren Dienst gestellt und so – von Anfang an bewußt – die Schuld auf sich genommen hat, zu der er sich in dem wohl bekanntesten der ›Moabiter Sonette‹ vollauf bekannte. Die Erklärung dafür enthält freilich ein anderes der Sonette mit dem Titel ›Kassandro‹:

» . . . In letzter Not
versuchter Griff zum Steuer ist mißlungen.«

Diese Zeilen dürfen nicht nur oberflächlich auf die konkreten Ereignisse des 20. Juli 1944 bezogen werden. Sie sind das Motto, unter dem das Handeln Albrecht Haushofers stand, und eigentlich eine Replik der Zeilen, die sich schon in einem Brief aus dem Jahre 1939 finden; es ist

[1] Albrecht Haushofer: *Moabiter Sonette,* Union Verlag (VOB) Berlin 1975, S. 98.
[2] Ebd.S. 99.

»der Entschluß ..., von einem havarierten, an einzelnen Stellen schon brennenden und von Narren und Verbrechern weithin beherrschten und geführten Schiff nicht ins Wasser zu springen, wo man rasch versänke – sondern den Versuch zu machen, zu lauern, einen Schlauch in die Hand zu bekommen, und vielleicht einmal einen wichtigen Steuerhebel zu greifen ...«[1]

Er gehörte zu den Deutschen, die sogleich von einer der ersten gesetzgeberischen Maßnahmen der nationalsozialistischen Regierung, jener »Narren und Verbrecher«, betroffen wurden, dem »Gesetz zur Widerherstellung des Berufsbeamtentums« vom 7. April 1933. Dieses Gesetz eröffnete die Kette der judenfeindlichen Maßnahmen, denn in § 3,1 heißt es: »Beamte, die nichtarischer Abstammung sind, sind in den Ruhestand zu versetzen.«

Albrecht Haushofer war »nichtarischer Abstammung« im Sinne des Gesetzes: seine Mutter war Halbjüdin. Und wenn auch der Familie Haushofer selbst nach Kriegsausbruch, obwohl seit 1941 Rudolf Heß nicht mehr seine schützende Hand über sie halten konnte, doch praktisch nichts geschah, wenn man von der Dauerlast der Angst abzusehen vermag, – Albrecht Haushofer hatte ein für alle Mal die lähmende Erfahrung, menschlich deklassiert, »hinausgesetzt« zu sein. Wie viele andere Deutsche in ähnlicher Lage mag er selbst sich erstmals überhaupt seines »Vierteljudentums« bewußt geworden sein, und der Schock dieser Erfahrungen ließ ihn sogar für kurze Zeit mit dem Gedanken zu emigrieren spielen. Die Voraussetzungen dazu waren durchaus gegeben; er hatte besonders in England genügend Bekannte und sogar Freunde, die ihn mit offenen Armen empfangen hätten. Aber noch 1944 in unmittelbarer Gefahr, auf der Flucht, scheute er diesen Schritt:

»Ich wollte nicht aus meiner Heimat gehn.«

heißt eine Zeile des Sonetts ›Heimat‹ und begründet schlicht den bis zuletzt durchgehaltenen Entschluß.

Daß er es Rudolf Heß mit zu verdanken hatte, daß er seine Position als Hochschullehrer behielt, verpflichtete ihn dem »Stellvertreter des Führers«, gab ihm aber zugleich das bedrükkende Empfinden, nichts weiter als eine Art »Schutzjude« zu sein. Als die nationalsozialistische Rassenpolitik im Jahre 1935 mit den »Nürnberger Gesetzen« auf einen ersten Höhepunkt

[1] Brief Albrecht Haushofers aus Berlin vom 13. Dezember 1939 an die Mutter.

zusteuerte, dem freilich mit der »Kristallnacht« von 1938 und schließlich der »Endlösung der Judenfrage« der Jahre nach 1943 weitere noch unvorstellbare Gipfel folgen sollten, versuchte er mit der Denkschrift ›Gedanken zu einer differenzierten Lösung der Nicht-Arier-Frage‹, die an Rudolf Heß gerichtet war, den Gang der Dinge wenigstens noch so weit zu beeinflussen, daß das Allerschlimmste verhindert wurde. Diese Denkschrift ist beispielhaft für die Methode ihres Verfassers, der Politik immer als »die Kunst des Möglichen« begriff, nämlich nach reiflicher Abwägung aller eventuellen Konsequenzen nichts von vornherein Unerreichbares zu fordern, um nicht das vielleicht noch Erreichbare dadurch zu gefährden. Persönliche Empfindungen verboten sich dabei. Sie finden ihren Ausdruck in der privaten Korrespondenz, vor deren Hintergrund sich das quasi-öffentliche Handeln zuweilen fast bis zur Groteske widersprüchlich ausnimmt. In dem schon zitierten Brief, den Albrecht Haushofer kaum ein halbes Jahr nach Kriegsausbruch an die Mutter richtete, aber dem Vater mit auf den Weg gab, da er ihn offensichtlich nicht mehr der Post anzuvertrauen wagt, finden sich die folgenden, die Situation grell beleuchtenden Sätze:

> »Ein Beispiel: Ich sitze an einem Tisch mit einem Mann, dessen Aufgabe es sein wird, im Lubliner Juden-Ghetto programmgemäß einen großen Teil der dorthin verfrachteten deutschen Juden erfrieren und verhungern zu lassen. Ich kann durch einen frivolen Satz – ob er sich eigentlich überlegt habe, daß für die Sechzig- und Siebzigjährigen die Transportkosten nicht mehr lohnten – vielleicht erreichen, daß wenigstens die Alten geschont werden – aber ich kann in einem solchen Fall schlechterdings nicht ertragen, mir ein gefühlsmäßiges Betrachten des ganzen Vorganges vom Persönlichen her zu gestatten. ... (Denn) ... dann steigt zu gleicher Zeit eine Welle von Haß und Zorn auf die Zerstörenden hoch, die mich einmal völlig aus dem Gleis werfen könnte, wenn ich mich nicht vorsehe.«[1]

Spätestens seit Kriegsbeginn führte Albrecht Haushofer so etwas wie ein Doppelleben. Er hat dabei nach außen hin niemals eine andere Stellung eingenommen als die eines Dozenten für politische Geographie an der Hochschule für Politik und später die eines Professors an der Berliner Universität. Aber seine poli-

[1] Brief Albrecht Haushofers aus Berlin vom 13. Dezember 1939 an die Mutter.

tische Aktivität als inoffizieller persönlicher Berater des damals »zweiten Mannes im Staat«, des Führerstellvertreters Rudolf Heß, begann schon im Sommer 1933. Aus der Zusammenarbeit mit Heß ergab sich spätestens im Laufe des Jahres 1934 die Verbindung zu Ribbentrop, dem er seine Dienste zur Verfügung stellte in der Hoffnung, ihn auf ähnliche Weise beraten und damit auch beeinflussen zu können.

Die »Dienststelle Ribbentrop«, deren freier Mitarbeiter er wurde, war nur eine der verschiedenen mit außenpolitischen Fragen befaßten nationalsozialistischen Einrichtungen, die dem Auswärtigen Amt, zu dem Albrecht Haushofer ebenfalls recht gute persönliche Kontakte unterhielt, die Arbeit erschwerten, bis endlich Ribbentrop nach dem Scheitern seiner Mission als Botschafter in London Anfang 1938 das Außenministerium übernahm. Die Vorschläge, die Albrecht Haushofer bezüglich des damit verbundenen Revirements vorlegte, haben unter anderem immerhin dazu beigetragen, mit einem erfahrenen Diplomaten wie Ernst v. Weizsäcker ein Element der Vernunft und des Sachverstandes gegen den Dilettantismus der neuen Führung in der Zentrale der deutschen Außenpolitik zu erhalten.

In den vier Jahren von 1934 bis 1938 hat Albrecht Haushofer verschiedene Aufträge der »Dienststelle Ribbentrop« ausgeführt. Ende 1936 verhandelte er in Prag ohne Wissen des Auswärtigen Amtes mit dem tschechoslowakischen Ministerpräsidenten Benesch, der ihn persönlich stark beeindruckte. In der zweiten Hälfte des darauf folgenden Jahres befand er sich mehrere Monate in halbdiplomatischer Mission auf einer Weltreise, die ihn über Nordamerika nach Japan und auch, wenngleich nur sehr kurz, nach China führte. Sinn der Reise war wahrscheinlich die Festigung des im Vorjahr nicht ohne die intensive Mitwirkung des Vaters Karl Haushofer zustandegekommenen Bündnisses mit Japan, des Antikomintern-Paktes, den Ribbentrop als die Krönung »großer Außenpolitik« betrachtete. Politisch mag die Reise ohne besonderes Ergebnis geblieben sein; Ribbentrop wollte sich 1946 vor dem Nürnberger Militärtribunal kaum noch daran erinnern, sie veranlaßt zu haben. Für Albrecht Haushofer aber bedeutete sie im Persönlichen ein Erleben, das auch noch in den ›Moabiter Sonetten‹, am unmittelbarsten wohl in dem Gedicht ›Miyajima‹, in der Erinnerung lebendig wird.

Während eben dieser Jahre war er auch wenigstens vierzehnmal im Auftrag der »Dienststelle Ribbentrop« in London. Von den Berichten, in denen er seine Eindrücke niederlegte, ist nur einer, wahrscheinlich der letzte vom Frühsommer 1938, bekannt. Wie wenig freilich die darin mehr oder weniger vorsichtig formulierten Warnungen noch fruchteten, zeigt die Randbemerkung, mit der Ribbentrop die Vorstellungen seines Mitarbeiters quittierte: »Secret-Service-Propaganda«. Albrecht Haushofer hatte allerdings zu dieser Zeit selbst schon längst die anfangs so starke Hoffnung verloren, die deutsche Außenpolitik mit seinen Mahnungen und Warnungen beeinflussen zu können. Im Herbst des gleichen Jahres zog er die Konsequenz und schied endgültig aus der »Dienststelle Ribbentrop« aus.

Das Jahr 1938 brachte die große Wende, den Sturz aus anfänglicher Euphorie in Verzweiflung und Resignation.

Es erfüllte sich im März mit dem Anschluß Österreichs eine lange gehegte politische Sehnsucht nicht nur der Familie Haushofer, sondern wohl auch eines großen Teiles der Bevölkerung Deutschlands und Österreichs. Nach dem Ersten Weltkrieg hatte Österreich 1919 unter dem Druck der Siegermächte, vor allem Frankreichs, unter eklatanter Verletzung des gerade in den Wilsonschen 14 Punkten beschworenen Selbstbestimmungsrechtes der Völker auf den Anschluß an die deutsche Republik verzichten müssen. Der Plan der Zollunion war 1931 erneut infolge des Eindruckes, den die Septemberwahlen hinterließen, in denen die Nationalsozialisten erstmals erhebliche Stimmengewinne erzielten, am Widerstand Frankreichs gescheitert. Die Machtergreifung Hitlers hatte die Haltung der führenden Staatsmänner Österreichs gegenüber Deutschland jedoch entscheidend verändert; Bundeskanzler Engelbert Dollfuß wurde 1934 bei einem Putschversuch österreichischer Nationalsozialisten ermordet; sein Nachfolger Kurt v. Schuschnigg mußte sich schließlich, nachdem die Möglichkeit einer Anlehnung an Italien weggefallen war, dem deutschen Druck beugen. – Obwohl die Haushofers, der Sohn ebenso wie der Vater, die Tatsache des Anschlusses durchaus begrüßten, so vergällten doch die Umstände, unter denen er sich vollzog, ihnen die Freude darüber. Noch in der Nacht vom 11. zum 12. März 1938 versuchte Albrecht Haushofer in Berlin über Heß unter dramatischen Umständen die völlig überflüssige Machtdemonstration des militärischen Einmarsches zu stoppen: vergeblich. Aber die Befriedigung überwog dennoch. »Das Omelett war die Eier wert,« schrieb er noch ein paar Wochen später.

Dann kam der Spätsommer 1938. Nach dem verhältnismäßig reibungslosen Ablauf der Aktion gegen Österreich, gegen die die Weltöffentlichkeit nur lau und halbherzig protestierte, war die Tschechoslowakei das nächste Ziel der Expansionspolitik Hitlers, und Albrecht Haushofer befürchtete ernstlich den Ausbruch eines neuen Weltkrieges. Aus der Zusammenschau und scharfsinnigen Deutung vieler Einzelereignisse des Sommers 1938 zog er Ende August/Anfang September die Folgerung:

> »So treten wir in den Herbst 1938 unter Vorzeichen, die seit dem Sommer 1914 nicht mehr in dieser Stärke zu beobachten waren.«[1]

Chamberlains Politik des »appeasement« und auch Mussolinis mangelnde Kriegsbereitschaft führten zwar noch einmal an den Konferenztisch, aber der augenscheinlich glänzende Erfolg der kompromißbereiten Friedenspolitik in München erwies sich rasch als ein »Pyrrhussieg«.

Albrecht Haushofer hat noch als Mitarbeiter Ribbentrops an der Münchener Konferenz teilgenommen, sich aber bewußt im Hintergrund gehalten. Der Grenzverlauf, den er, von klaren ethnographischen Voraussetzungen ausgehend, in die Karte eintrug, die den Verhandlungen zugrundelag, wurde während der Konferenz durch die groben, geraden Linien ersetzt, die die Karten später zeigten. Die Politik der großen Vereinfacher triumphierte über den Sachverstand.

Obwohl Albrecht Haushofer im Gegensatz zu seinem Vater die Wirkungsdauer der Ergebnisse von München tatsächlich sehr pessimistisch beurteilte, hat er doch alles getan, sie in seinen für die Öffentlichkeit bestimmten tagespolitischen Kommentaren als etwas durchaus Ernstzunehmendes darzustellen. Damit wollte er wenigstens versuchen, Hitler so lange wie möglich auf ein Abkommen festzulegen, das ihm absolut nicht paßte. Gerade weil dieses Abkommen den Expansionsdrang der nationalsozialistischen Außenpolitik wenigstens etwas einengte, mußte es mit allen zu Gebote stehenden Mitteln unterstützt werden, damit der zu erwartende Vertragsbruch Hitler später umso deutlicher vor der deutschen und der Weltöffentlichkeit ins Unrecht setzte. Er sah sehr klar, was in München geschehen war und was danach kommen würde: München hatte den von der nationalsozialisti-

[1] A. Haushofer: *Berichterstattung aus der atlantischen Welt.* Politische Monatsberichte, in: ›Zeitschrift für Geopolitik‹, Jg. 15, 1938, H. 9, S. 731.

schen Politik angestrebten Krieg nicht verhindert, wie es im ersten Moment scheinen mochte, sondern nur aufgeschoben. Der Pogrom der Nacht vom 9. zum 10. November kaum etwas mehr als einen Monat später war so für ihn nur noch Bestätigung dessen, was er längst befürchtet hatte. Unter dem Eindruck der »Kristallnacht« schrieb er:

»Die enttäuschte Wut über den entgangenen Krieg tobt sich jetzt nach innen aus. Heute sind es die Juden. Morgen kommen andere Gruppen dran.«[1]

Die Politik, in deren Dienst er seinen wissenschaftlich begründeten Sachverstand gestellt hatte, um seinem Vaterland zu dienen, war über ihn hinweggegangen, hatte seine Mahnungen als »Secret-Service-Propaganda« abgetan. Er hatte mit allen Zugeständnissen und allem zähen Festhalten an seiner Beraterfunktion nichts erreicht, sondern nur durch die enge Berührung mit dem Nationalsozialismus die persönliche Integrität und den »Seelenfrieden« aufs Spiel gesetzt. Er glaubte selbst, daß sein »persönlicher Kredit« und damit seine »Verwendbarkeit in außenpolitischen Dingen nach Westen nunmehr erschöpft«[2] sei. Die Grenze der Selbstverleugnung war erreicht, da sie völlig sinnlos geworden war. So entsprach seinem Ausscheiden aus dem Dienst der nationalsozialistischen Außenpolitik auch »eine innere Notwendigkeit. Wer sich selbst dauernd anspuckt, wird wertlos.«[3]

Nun kam es ihm nur noch darauf an, die eingegangenen Verpflichtungen und Bindungen langsam und möglichst unauffällig abzustreifen. Er bewegte auch den Vater dazu, seinem Beispiel so weit wie möglich zu folgen, wohl wissend, daß dieser Weg in eine nicht ungefährliche Isolation führen konnte.

Unter den genannten Voraussetzungen überraschte der Kriegsausbruch Albrecht Haushofer kaum, und er schenkte auch den beruhigenden Worten von Rudolf Heß, es handele sich nur »um ein kurzes Gewitter«, keinen Glauben. In einem Brief an einen Freund schrieb er:

»Der Körper des Abendlandes ist bereits tot, auch wenn das Kleid seiner äußeren Kultur noch erhalten ist. Der Krieg, in den wir jetzt hineingehen, wird auch dieses Kleid noch

[1] Brief Albrecht Haushofers aus Berlin vom 16. November 1938 an die Mutter.
[2] Ebd.
[3] Ebd.

zerreißen. Ich fürchte, daß er uns am Ende mit einer für die meisten noch kaum vorstellbaren Härte davon überzeugen wird, daß es kein Europa, kein Abendland mehr gibt.« [1]

Das ist der Ton, der in den ›Moabiter Sonetten‹ in Gedichten wie ›Maschinensklaven‹, ›Verhängnis‹ oder ›Sesenheim‹ wiederkehrt. Die düstere Vision schien sich 1945 erfüllt zu haben.

Obwohl er auf den ausdrücklichen Wunsch Ribbentrops im Herbst 1939 nochmals in ehrenamtlicher Funktion in die Informationsabteilung des Auswärtigen Amtes zurückkehrte, sind seine Dienste kaum noch in Anspruch genommen worden, bis ihn Rudolf Heß im Winter 1940/1941 doch noch einmal brauchte.

Die Pläne zu jenem merkwürdigen Unternehmen, das im Mai 1941 teils verständnisloses Kopfschütteln, teils schallendes Gelächter in der Weltpresse hervorgerufen hat, reichen bis in den Spätsommer 1940 zurück. Ob Heß mit oder ohne Wissen Hitlers handelte, ist bis heute strittig, wenngleich vieles dafür spricht, daß der »Führer« in die Pläne seines Stellvertreters mindestens bis zum England-Flug eingeweiht war, sich aber, als die Mission des »Parlamentärs aus eigenem Entschluß«[2] schon im Ansatz scheiterte, sofort davon distanzierte. Die verschlungenen Wege der Heß'schen Pläne lassen sich nicht mehr in Einzelheiten rekonstruieren; jedenfalls hoffte er offenbar von Anfang an, über die Haushofer'schen persönlichen Beziehungen Kontakte zu führenden Persönlichkeiten der britischen Politik finden zu können. In einem langen Gespräch, das am 8. September 1940 in Bad Gallspach stattfand, bemühte sich Albrecht Haushofer, Rudolf Heß seine Pläne auszureden, ihm klarzumachen, wie unvorstellbar gering die Chancen seien, Großbritannien zum Frieden bewegen zu können. Er hat ihm auf der Grundlage seiner historischen und geopolitischen Kenntnisse und persönlicher Erfahrungen verständlich zu machen gesucht, warum das ganze Unterfangen von vornherein zum Scheitern verurteilt war, weil nämlich England weder damals noch je zuvor in der Geschichte willens war, die Hegemonie einer Großmacht auf dem Kontinent zu dulden, keine französische, wie die lange Kette der französisch-britischen Auseinandersetzungen vom Mittelalter bis über

[1] Brief Albrecht Haushofers vom 8. Oktober 1939 ohne Ortsangabe an Hans Zehrer.

[2] Ilse Heß: *England-Nürnberg-Spandau. Ein Schicksal in Briefen,* Leoni am Starnberger See 1954, S. 9.

die Napoleonischen Kriege hinaus deutlich macht, noch eine deutsche, die zudem nicht nur kontinentale, sondern darüber hinaus auch noch maritime Interessen zeigte.

Rudolf Heß blieb den Vorstellungen Albrecht Haushofers gegenüber taub, dessen lakonischer Kommentar dazu lediglich lautete: »The whole thing is a fool's errand –.«[1] Er hat sich aber dennoch nicht geweigert, die von Heß geforderten brieflichen Kontakte mit englischen Freunden oder Bekannten aus der Vorkriegszeit aufzunehmen. Die Wahl des Adressaten war auf den Herzog von Hamilton gefallen, aber der Brief wurde, wie vorauszusehen, von der britischen Abwehr abgefangen, so daß der Herzog, Hauptmann der RAF, selbst höchst erstaunt war, als der ungebetene Besucher nach einer fliegerischen Bravourleistung mit seiner Me 110 am 10. Mai 1941 in Schottland landete.

Der Name des Herzogs von Hamilton war von Anfang an von Heß ins Gespräch gebracht worden, und eine Zeitlang scheint der Plan bestanden zu haben, Albrecht Haushofer die Möglichkeit zu verschaffen, sich im Auftrage des Führerstellvertreters mit dem ihm aus Vorkriegstagen bekannten und befreundeten schottischen Adligen in Lissabon zu treffen. Darin ist offenbar der eigentliche Grund dafür zu suchen, daß Albrecht Haushofer überhaupt auf die Pläne von Rudolf Heß einging, durfte er darin doch die wenn auch vage Chance sehen, mit voller staatlicher Legitimation als Vermittler für Heß ins neutrale Ausland reisen zu können.

Bis zu einem gewissen Grade haben sich diese vorsichtigen Hoffnungen, über die sich Albrecht Haushofer verständlicherweise selbst nie schriftlich geäußert hat, auch erfüllt.

Schon im Februar 1940 hatte die deutsche Opposition über Ulrich von Hassell in der Schweiz Kontakte zu England aufzunehmen versucht; aber die Bemühungen scheiterten vor allem an der abweisenden Haltung des damaligen britischen Außenministers Eden. Nach Auskunft seines später unter dem Titel ›Vom anderen Deutschland‹ veröffentlichten Tagebuchs traf von Hassell am 10. März 1941 bei dem preußischen Finanzminister Johannes Popitz mit Albrecht Haushofer zusammen und gewann ihn offenbar dafür, die gescheiterten Verhandlungen über Carl Jacob Burckhardt in der Schweiz erneut anzuknüpfen.

Am 28. April traf Albrecht Haushofer in Genf den ehemaligen

[1] Brief Albrecht Haushofers aus Berlin vom 19. September 1940 an die Eltern.

Völkerbundskommissar, dem er durch Frau Ilse von Hassell schon angekündigt war. Sie hatte ihm erklärt, »daß H. [Haushofer] mit doppeltem Gesicht käme [nach außen für Heß, de facto aber für die Widerstandsbewegung]«[1]. Den Auftrag zu dieser Reise erhielt er also offenbar noch von Heß, der gehofft haben muß, daß Albrecht Haushofer seinen eigenen Plänen in bezug auf England zu dienen suchte. Der aber trieb, ohne Heß direkt zu belügen, ein doppeltes Spiel. Er nutzte dessen Initiative, Verbindung zu Großbritannien zu bekommen, aus, um so selbst die Chance zu haben, diese Verhandlungen zu führen – mit Wissen von Heß und als dessen Beauftragter, aber als Vertreter der oppositionellen Kräfte des »anderen Deutschland«.

Rudolf Heß mag geglaubt haben, die vorgebliche Einladung Burckhardts, von der Albrecht Haushofer gesprochen haben muß – denn er erwähnt sie auch in dem Bericht, den er später auf dem Obersalzberg abzufassen hatte – stehe in unmittelbarem Zusammenhang mit den Bemühungen des Vorjahres um Kontakte zu England. Hier könnte eine Erklärung für seinen plötzlichen Entschluß zu finden sein, am 10. Mai ohne jede Gewißheit darüber, wie er aufgenommen werden würde, nach Schottland zu fliegen.

Das sinnlose Unternehmen zerstörte alle Grundlagen weiterer Pläne, die Albrecht Haushofer, von Hassell und Popitz gehegt haben mögen. Albrecht Haushofer wurde verhaftet, auf den Obersalzberg gebracht und aufgefordert, zu den Ereignissen schriftlich Stellung zu nehmen. Gelegenheit zu einer mündlichen Auseinandersetzung mit Hitler bekam er nicht. – Angesichts der Tatsache, daß er nicht ermessen konnte, wieviel Hitler selbst von den Plänen seines Stellvertreters gewußt haben mochte, wieweit seine eigene Rolle dabei aus eventuell zurückgelassenen Papieren schon ans Licht gekommen war, ist die Niederschrift, die er am 12. Mai unter dem Titel ›Englische Beziehungen und die Möglichkeiten ihres Einsatzes‹ auf dem Obersalzberg anfertigte, ein Meisterstück diplomatischer Verschleierungskunst, eine Mischung aus sehr viel Wahrheit – um die Glaubwürdigkeit zu gewährleisten – und bewußtem Verschweigen des Wesentlichen an entscheidender Stelle neben Betonung des Unwichtigen und Umdeutung von Tatbeständen, ohne daß darunter die Logik der Darstellung des Geschehens gelitten hätte und mehr als das, was

[1] Ulrich v. Hassell: *Vom anderen Deutschland*, Zürich 1946, S. 207.

sich doch nicht ableugnen ließ, bekannt würde. Über die Rolle von Hassells und Popitz' fällt kein Wort.

Albrecht Haushofer wurde für acht Wochen in Haft gehalten, die er mit stoischer Gelassenheit als »eine – wenn auch bescheidene – Probe auf die Haltbarkeit der eigenen Philosophie« [1] hinnahm. Er durfte zwar gelegentlich Besuche des Vaters empfangen, der selbst für kurze Zeit inhaftiert worden war, schloß sich aber im übrigen bewußt noch mehr von der Außenwelt ab, als es die Gefängniszelle ohnehin verlangte. Der Mutter versuchte er seine innere Verfassung mit dem Hinweis auf die ›Zehnte Verwandlung‹ seiner ein halbes Jahr zuvor vollendeten ›Chinesischen Legende‹, die Bergtempelszene, zu verdeutlichen. Dort heißt es:

»Für den, der einmal sie durchschritten hat,
Die wir die Tore der Erleuchtung nennen,
Ist Heimkehr eine Formel ohne Sinn.« [2]

Es ist wahrscheinlich, daß Albrecht Haushofer zum Kreis derer gehörte, die über die Attentatspläne unterrichtet waren, die schließlich zu der verzweifelten, auch im Bewußtsein derer, die sie ausführten, schon längst verspäteten Tat des 20. Juli 1944 führten. Die Notwendigkeit des Staatsstreichs hat er jedenfalls im Winter 1943/1944 dem Straßburger Oberbürgermeister Robert Ernst gegenüber in einem Gespräch unter vier Augen betont. Er traf zwar bei Ernst, den er aus der Zusammenarbeit in Volkstumsangelegenheiten schon aus der Zeit vor 1933 gut kannte und für die Sache des Widerstandes zu gewinnen hoffte, noch auf Unverständnis, ohne daß sein Gesprächspartner damals Dritten gegenüber etwas verlauten ließ.[3] Aber noch vor der Katastrophe von Stalingrad, die vielen die Augen öffnete, soll er einem Freund gegenüber geäußert haben: »Jetzt könnte ich es selbst tun!« – nämlich das Attentat auf Hitler ausführen.

Wieviel Albrecht Haushofer gewußt hat, wie weit seine Informationen reichten, läßt sich nicht mehr mit Sicherheit feststellen. Diejenigen, die darüber hätten Auskunft geben können, fielen der Terrorjustiz zum Opfer, die sich nach dem Scheitern des Attentats austobte. Albrecht Haushofer wußte zu gut, daß seine Verbindungen zu Männern wie Popitz, von Hassell, Schulen-

[1] Brief Albrecht Haushofers vom 8. VI. 1941 aus der Haft in Berlin an die Eltern.

[2] Albrecht Haushofer: *Chinesische Legende*, Berlin 1949, S. 99.

[3] Robert Ernst: *Rechenschaftsbericht eines Elsässers*, Berlin 1954, S. 390.

burg und vielen anderen nicht geheim bleiben konnten. Er hatte damit recht; sein Name taucht schon unter dem Datum des 25. Juli 1944 erstmals in den ›Kaltenbrunner-Berichten‹ auf, an dem Tag also, an dem er noch ganz legal Berlin verließ. Er traf sich in der Nähe des Familienbesitzes am Ammersee noch einmal mit seinem Bruder, um sich dann zu Fuß nach Partenkirchen und zu der Almhütte durchzuschlagen, der seine Erinnerung in dem Sonett ›Partnachalm‹ gilt. Am 28. Juli wurde dort der Vater Karl Haushofer von Gestapo-Beamten verhaftet und nach Dachau gebracht, während der Sohn zur gleichen Zeit auf einem anderen Weg aufstieg.

Häufig ist die Frage gestellt worden, warum Albrecht Haushofer, der ein guter Kenner weiter Teile des Alpengebietes und ein erfahrener Bergsteiger war, nicht wenigstens den Versuch unternommen hat, sich über die Schweizer Grenze in Sicherheit zu bringen. Eine Antwort darauf gibt das schon erwähnte Gedicht ›Heimat‹; eine andere mag in der Hoffnung zu suchen sein, daß die Truppen der westlichen Alliierten im Herbst und Winter 1944 rascher über den Rhein vorstießen und der Krieg damit ein Ende nähme. Er konnte nicht damit rechnen, daß die Konferenzen von Teheran und Jalta den Vormarsch der amerikanischen und britischen Truppen mit Rücksicht auf Sowjetrußland verzögerten.

Da die Almhütte keineswegs mehr sicher war, verbarg sich Albrecht Haushofer, nachdem er in der Nacht vom 28. zum 29. Juli zusammen mit seiner Mutter die auf der Almhütte aufbewahrten Papiere geordnet hatte, Tagebücher, Duplikate von Denkschriften und testamentarische Verfügungen, auf einem Bergbauernhof in der Nähe Partenkirchens. Am 7. Dezember wurde er dort von drei Gestapo-Beamten aus Berlin, München und Partenkirchen, die einander nicht kannten und darum, um sich selbst nicht zu gefährden, keine Rücksichten nehmen konnten, entdeckt, verhaftet und nach Berlin in das Gefängnis an der Lehrter Straße im Stadtteil Moabit gebracht.

IV.

Während der Gefangenschaft im Winter 1944/1945 vollzog sich in Albrecht Haushofer nach allen Aussagen derer, die mit ihm vor und nach der Verhaftung zusammengekommen waren oder später die ›Moabiter Sonette‹ kennenlernten, etwas wie eine Wandlung. In diesen Sonetten tritt eine Seite seines Wesens in den Vordergrund, für die in den vorangehenden Jahren höchster geistiger und physischer Anspannung weder Zeit noch Raum vorhanden waren. In den frühen lyrischen Versuchen klingen verwandte Töne durchaus schon an, allerdings ohne die Klarheit und, fast möchte man sagen: heitere Gelassenheit, die manche dieser Gedichte ausstrahlen.

Die ›Moabiter Sonette‹ lassen sich, sofern eine derartige Gliederung überhaupt durchführbar ist, in drei verschiedene größere Themenkreise einordnen, die sich allerdings vielfach überschneiden.

Besonders in den ersten Sonetten herrschen Reflexionen vor, die in unmittelbaren Erfahrungen und Erlebnissen der Gefängnisgegenwart wurzeln. In diese Gruppe gehören beispielsweise ›In Fesseln‹, ›Nächtliche Botschaft‹, ›Die Wächter‹, ›Geräusche‹, ›Entfesselung‹, aber auch die Sonette ›Spatzen‹ und ›Die Mücke‹. Durch sie klingt in der Auseinandersetzung mit der Umwelt des bedrückenden Gefängnisalltags einerseits und der Begegnung mit der einfachen Freiheit und Lebendigkeit der Kreatur andererseits die Sehnsucht nach dem Leben außerhalb der Mauern hindurch.

Eine zweite umfangreichere und weniger einheitliche Gruppe bilden die Sonette, deren Inhalt Erinnerungen im weitesten Sinn sind. Historische Erfahrungen und Gestalten werden – zumeist im Verhältnis des Gegensatzes – in vergleichende Beziehung gesetzt zu der dadurch ebenfalls schon in den Rang des Historischen tretenden Gegenwart. Beispiele für Gedichte dieser Art sind ›Verbrannte Bücher‹, ›Alexandrien‹, ›Das Erbe‹ und ›Boethius‹. Aus der Erinnerung an Vergangenes, Unwiederbringliches schöpfen auch die Sonette, in denen eigene Erfahrungen und Erlebnisse neu beschworen werden, die er zur Hauptsache auf seinen weltweiten Reisen sammelte. Dazu gehören ›Qui resurrexit‹, eine Erinnerung an den Isenheimer Altar, oder Eindrücke der Ostasienreise wie ›Om mani padme hum‹, ›Miyajima‹ und ›Kami‹. Neben diesen weitgehend sachlichen Bezugspunkten stehen Erinnerungen an Freunde, Heimat und Elternhaus. In dem Sonett ›Der Freund‹ wird die Erinnerung an einen gefallenen Schüler und Freund wachgerufen; mit dem »Meister der edlen Stradivari«, zu dem das ungelenke Geigenspiel eines der Gefängniswärter die Gedanken des Gefangenen zurückgleiten läßt, ist Karl Klingler gemeint, der nach dem Krieg auch die Bühnenmusik zu der ›Chinesischen Legende‹ schrieb. Das Bild des Lieblingsaufenthaltsortes Albrecht Haushofers, der Partnachalm und der heimatlichen Bergwelt, wird zum Symbol des Unzerstörbaren in einer Welt, die dem Untergang geweiht zu sein scheint. Das Sonett aber, das am eindringlichsten persönliche menschliche Bindungen aus dem Erinnern zu lebendiger Gegenwart werden läßt, ist das Sonett ›Mutter‹, das in der Unmittelbarkeit der Empfindung und der Schlichtheit des Ausdrucks wohl das ergreifendste von allen ist. Im Vergleich dazu wahrte er dem mitinhaftierten Bruder gegenüber bewußt eine fast kühl wirkende Distanz; und das dem Vater gewidmete Sonett enthält die Zeilen, die immer wieder als Beleg für das angeblich tiefe Zerwürfnis zwischen Vater und Sohn herangezogen werden.

Zu einer dritten Gruppe lassen sich die Sonette zusammenfassen, deren wesentlicher Inhalt die Auseinandersetzung mit der Barbarei ist, der Zerstörung der Werte, die abendländisches Denken, europäische Kultur versinnbildlichen, oder die rückschauend die bittere Bestätigung dessen ausdrücken, was ahnend schmerzlich vorausempfunden wurde. Mit dem Geschehen der letzten Kriegsmonate, der sinnlosen Zerstörung, befassen sich Gedichte wie ›Silvestersegen‹, ›Maschinensklaven‹ oder ›Sesenheim‹. Die Olympischen Spiele des Jahres 1936 werden in mehreren Sonetten als frühes, aber schon damals deutlich verstandenes Wetterleuchten des kommenden Unheils gedeutet. Ohne Bindung an ein bestimmtes, fixierbares Ereignis, sondern aus umfassenderen und allgemeineren Betrachtungen entwickeln sich die Reflexionen über Schuld, Verhängnis und Sühne in den Gedichten ›Lawinen‹, ›Verhängnis‹ oder ›Untergang‹. In diese Gruppe gehört auch das Gedicht, in dem schonungslos, schonungsloser, als es eine wenigstens um Objektivität bemühte Geschichtsschreibung je tun kann, das Bekenntnis zu der tragischen Schuld ausgesprochen wird, die Albrecht Haushofer nicht erst in diesen letzten Lebensmonaten empfand:

»Ich hab gewarnt – nicht hart genug und klar!
Und heute weiß ich, was ich schuldig war ... «

Mit der Einordnung in diese Kategorien ist freilich nur ein geringer Teil dessen erfaßt, was Inhalt und Aussage der ›Moabiter Sonette‹ ausmacht; es kann nicht mehr als eine kleine Orientierungshilfe sein, vor allem für eine Generation, der Geist und

Ungeist dieser Zeit kaum noch verständlich sind. Die ganze Fülle der in diesen »Sonetten auf den Untergang«, wie Marion Gräfin Dönhoff sie in einer ersten Rezension 1949 bezeichnete, enthaltenen Gedanken in wenigen Worten zu umreißen, ist schlechterdings unmöglich. Sie sind eine letzte bewußte und gedrängte Zusammenfassung der Erfahrungen eines ganzen Lebens in einer chaotischen Zeit, in der sich die Rückschau mit der bei der Niederschrift stets gegenwärtigen Grenzsituation unentwirrbar vermischt. Gemeinsam aber ist diesen Gedichten der Grundton: ein tief in allen Schichten des Daseins empfundener Schmerz angesichts der Zerstörbarkeit aller Form, das Ringen mit einer deprimierenden Zukunftslosigkeit, über das aber dennoch das Wissen siegt, daß mit der Form nicht zwangsläufig auch ihr Inhalt endgültig zerstört werden muß, der sich als Unvergängliches dem brutalen Zugriff einer barbarischen Gesinnung entzieht.

In der Erkenntnis, daß Unvergängliches nicht der Form bedarf, um existent zu sein, wohl aber, um im Bereich menschlicher Erkenntnismöglichkeiten wirksam zu werden, liegt vielleicht der Kern der Wandlung Albrecht Haushofers in der Gefängniszelle. Sein Bemühen hatte immer wieder im Politischen, im Wissenschaftlichen und im Ästhetischen der Bewahrung der Form gegolten; und so ist es auch kein Zufall, daß er zu der strengen, im Deutschen – mit seinen gegenüber romanischen Sprachen verhältnismäßig geringen Reimmöglichkeiten – nur schwer zu meisternden Sonettform fand, die er in seinen früheren lyrischen Versuchen kaum benutzte.

Obwohl die Strenge der Form vielfach Zwang auf die Aussage ausübt und zuweilen den Fluß der Sprache deutlich hemmt, gehört auch die Formgebundenheit an sich zu dem, was die ›Moabiter Sonette‹ an persönlicher Aussage enthalten. Man ist versucht zu sagen, ein empfindlicher individualistischer Ästhetizismus klammert sich im Angesicht der alles Vorhersehbare übersteigenden kollektiven Maßlosigkeit fast verzweifelt an Form und Maß, um die von Perversion und Vernichtungswillen bedrohten abendländischen Traditionen hinüberzuretten in eine noch unklare, dunkle Zukunft, an der sich Albrecht Haushofer selbst allerdings keinen Anteil mehr ausrechnete.

Seine Gebundenheit an das Überkommene ließ ihn auf klassische Formen zurückgreifen. Mit Ausnahme der Zeitkomödie ›Und so wird in Pandurien regiert‹, in der er sich parodierend mit den Verhältnissen der Zeit der »Weimarer Republik« auseinandersetzt und nur an der Gestalt, deren Vorbild Gustav Stresemann war, noch ein gutes Haar läßt, bediente er sich in all seinen späteren dramatischen Dichtungen des strengen Maßes des klassischen Dramas, des Blankverses. Das Streben nach Form und Maß, nach Bewahrung des Überlieferten und seiner Gestalt sowie nach Gestaltung des noch Ungeformten auf der Grundlage eines klassischen Humanismus ist Prinzip auch seines politischen Handelns; aber seine literarischen Arbeiten lassen das noch deutlicher erkennen.

Um das Problem der Bewahrung der traditionellen Formen gegenüber den heraufdrängenden revolutionären Gewalten geht es im ersten Teil der ›Römer-Trilogie‹, die in den Jahren 1934 bis 1939 entstand, jenen Jahren also, in denen Albrecht Haushofer den engsten Kontakt mit der politischen Macht und den relativ größten Einfluß auf sie hatte. Die Titelfigur des ersten Teiles der Trilogie, Scipio, Staatsmann, Feldherr und Philosoph, ist der Verfechter der Sicherung und Bewahrung der traditionellen Gewalten in Staat und Gesellschaft gegenüber dem überstürzten Drang nach Neuerung. Ihm, dem Symbol klassischen römischen Staatsdenkens, steht in Polybios der Vertreter hellenischer Kultur zur Seite. Sulla, Titelfigur des zweiten Teiles der Trilogie, zerbricht an der Erkenntnis, zu der ihn der Philosoph Zosias führt, daß ihm »das letzte Maß« fehle. Er wird im Gegensatz zu Scipio, der den verantwortungsvollen Staatsmann verkörpert, als kultivierter Zyniker gezeichnet, unter dessen menschenverachtender Herrschaft aller Sinn menschlicher Existenz ad absurdum geführt wird. Aber Albrecht Haushofer wußte auch schon längst, bevor er selbst existenziell davon betroffen wurde, daß die Beherrschung der Form und des Maßes fast übermenschliche Opfer fordern kann. Augustus, eher im Hintergrund bleibendes Prinzip denn als starke Bühnenfigur gestaltete Titelfigur des letzten Teiles der ›Römer-Trilogie‹, formt zwar aus dem Chaos eine neue Welt, in der Maß und Gesetz herrschen, aber diese Welt ist kalt, und sie fordert von ihrem Schöpfer das Äußerste an Selbstüberwindung und persönlichem Opfer. Diesem Augustus legte er 1939, den längst erwarteten, unvermeidlichen Ausbruch des Krieges vor Augen, die Worte in den Mund, die für denjenigen, der zu lesen verstand, schon damals sein politisches Bekenntnis in aller Deutlichkeit zeigten:

»Der Staatsmann hat gesiegt, wenn er als Feldherr

nicht mehr zu siegen braucht! Ein langer Krieg,
selbst wenn man ihn gewinnt, ist Niederlage,
weil man ein ganzes Leben dazu braucht,
um neu zu bauen, was man schnell zerstört,
und weil in unsrer alt gewordnen Welt
noch Dinge sind, die niemals mehr entstünden,
wenn sie getötet würden ... «[1]

Die Dramen der ›Römer-Trilogie‹, obwohl zur Aufführung gedacht und z. T. auch gespielt, sind doch, weil gedanklich überfrachtet wie auch noch einige der ›Moabiter Sonette‹, in erster Linie Lese- und Gedankendramen. Mit ihnen greift er zurück auf die Tradition des deutschen Geschichtsdramas im Übergang von Klassik zu Romantik. Ihr zentrales Thema ist die Frage nach den Quellen und nach der Handhabung staatlicher Macht. Die ihnen zugrundeliegenden Ereignisse und Personen, Gestalten einer als Spätzeit einer überfeinerten Hochkultur empfundenen und daher geistesverwandten Epoche, sind trotz der zeitlichen und örtlichen Ferne Spiegel der vorausgefühlten deutschen und europäischen Katastrophe. Und in dem Gegenspieler verantwortungsloser Machtbesessenheit gestaltet Albrecht Haushofer, am klarsten wohl in der Figur des Zosias im ›Sulla‹, ein Selbstportrait, besser: ein Wunschbild dessen, was er für sich erhoffte. Es ist die Rolle des »Kassandro«, die noch einmal in den ›Moabiter Sonetten‹ beschworen wird, nun allerdings in der Erkenntnis der völligen Machtlosigkeit des Warners im Bannkreis der absoluten, totalitären Staatsgewalt.

Anders als die Römerdramen, deren Thematik in das Gewand des Historischen gekleidete politische Aktualität und kaum übersehbare Kritik ist, führt die ›Chinesische Legende‹ in eine Welt, die Albrecht Haushofer selbst als eine »Traumwelt« bezeichnete, in der »man zur Abwechslung die Gerechten und Guten am Leben lassen und die Ungerechten umkommen lassen [kann], was sonst nicht zu geschehen pflegt«.[2] Es sind hier nicht wie in dem Sonett ›Verhängnis‹ »die Kräfte, die beharren und bewahren«, die »in frevlem Übermut« verschwendet, geopfert werden; nicht der Zensor, der Mönch und der Dichter, Gesetzlichkeit, Weisheit und Schönheit verkörpernd, sind zum Scheitern verurteilt, sondern der »frevle Übermut«: das Versagen des

[1] Albrecht Haushofer: *Augustus. Ein Schauspiel in fünf Akten,* Berlin 1939, III, 1 S. 95.

[2] Brief Albrecht Haushofers aus Wien vom 29. VIII. 1940 an die Mutter.

Herrschers, die Hybris der politischen Gewalt, die die ihr gegebene Macht mißbraucht, endet in ruhmlosem Untergang.

In dieser Dichtung, die Albrecht Haushofer selbst als »etwas ganz Eigenes, ... weil eben sehr viel Leid hineingewachsen ist«[1] bezeichnete, ist auch die klassische Strenge der Form zugunsten einer lockeren Szenenfolge aufgegeben, ohne daß etwas von der dramatischen Dichte verlorengeht; und die Sprache entfaltet gerade in den leisen, lyrischen Klängen ihre höchste Leuchtkraft.

Die dichterisch geformte Aussage, die Suche nach Maß und Gesetzlichkeit, begleiteten wie ein manchmal kaum vernehmlicher, aber immer vorhandener Grundton Albrecht Haushofers ganzes Leben als Wissenschaftler, politisch Denkender und Handelnder und als Dichter. In ihr hat er in den ›Moabiter Sonetten‹ – »bereit, zu bleiben und zu gehn«, eingekehrt in die Gelassenheit »der Tore der Erleuchtung«, durch die der Mönch, der Weise, in der ›Chinesischen Legende‹ dem Leben entschwindet, – die Summe seines Lebens gezogen und das Bekenntnis abgelegt, nicht nur für sich, sondern auch für viele andere, die »Gefährten«, die wie er »Lawinen« aufzuhalten versuchten – und scheiterten. In diesem letzten Bekenntnis aber haben sich ihm die Worte geformt, die über die Tragik seines Scheiterns hinausweisen:

»Sein Tod hat keinen Untergang gewendet.«

Aber die letzte Zeile des zweiten Terzetts des Sonetts ›Boethius‹ möchte man heute abwandeln:

»Doch hat sein Tod den Untergang erhellt.«

[1] Brief Albrecht Haushofers aus Berlin vom 4. VIII. 1940 an die Mutter.

Zu den Ausgaben der ›Moabiter Sonette‹

Der erste Privatdruck der 80 Sonette wurde bereits 1945 in Berlin durch Offiziere der Armee der Vereinigten Staaten in einer kleinen Druckerei, die den Bombenkrieg überstanden hatte, veranlaßt. Das Vorwort schrieb in deren Auftrag der deutsche Kriegsgefangene, Genealog und Historiker Friedrich Wilhelm Euler.

Im Verlag Lothar Blanvalet in Berlin erschienen dann 1946 als erste regulär in den Buchhandel gelangende, inzwischen vergriffene Ausgabe 79 Sonette mit einem Nachwort von Rainer Hildebrandt. Aus politischen Gründen, d.h. Rücksichten auf die damaligen Besatzungsmächte, war nur das Sonett IL ›Bombenregen‹ eliminiert worden – und damit auch die Durchnumerierung des ganzen Zyklus.

Ein Nachdruck dieser Ausgabe erschien 1948 im Artemis Verlag, Zürich, in Zusammenarbeit mit dem Schweizerischen Werkbund.

Sehr bald nach der ersten deutschen Ausgabe erschien in der französischen Zeitschrift ›Verger, Revue des Spectacles et des Lettres en Allemagne Occupée‹, Jahrgang 1, Heft 5, 1948, eine Auswahl von 12 Sonetten in der Übersetzung von Luc Bérimont, mit einer Einleitung von Jacques Nobécourt und einem kurzen biographischen Aufsatz ›Souvenirs sur mon frère Albrecht‹ von Heinz Haushofer.

Eine vollständige französische Übersetzung der ›Sonnets de Moabit‹ von Jacques Rébertat, mit umfangreichen Anmerkungen zu den einzelnen Sonetten erschien 1954 bei Pierre Seghers in Paris – allerdings auch ohne das in der vorhergegangenen deutschen Ausgabe fehlende Sonett IL.

1955 erschien eine russische Übersetzung von Wilhelm Lewik in dem Sammelband ›Deutsche Demokratische Lyrik 1900–1953‹, herausgegeben von Ilja Fradkin. (Da diese Sammlung vergriffen ist und nicht eingesehen werden konnte, ist uns nicht bekannt, wie groß die Zahl der übersetzten Sonette ist.)

Übersetzungen einzelner Sonette in anderen Sprachen erschienen an verschiedenen Stellen, ebenso wurden einzelne in deutscher Sprache vielfach abgedruckt. Als Beispiel für die ersteren sei genannt: Die Übersetzung von zwei Sonetten ins Spanische von Vera Zeller, in ›Orfeo, Poesia Alemana Actual‹, Nr. 19–29,

Santiago de Chile 1966; und für die letzteren: Charles W. Hoffmann, ›Opposition Poetry in Nazi Germany‹, Berkeley and Los Angeles 1962.

Eine Übersetzung von 9 ausgewählten Sonetten ins Italienische von Ervino Pocar unter dem Titel ›Sonetti di Moabit di Albrecht Haushofer‹ steht in den ›Miscellanea di Studi in Onore di Bonaventura Tecchi‹, Edizione dell Ateneo, Rom 1969. An der gleichen Stelle ist eine komplette italienische Übersetzung der ›Sonetti di Moabit‹ angekündigt, die bei Guanda in Parma 1969 erscheinen sollte, die aber nicht eingesehen werden konnte.

Eine norwegische Übersetzung der 79 Sonette, ›Sonetter fra Moabit‹, stammt von André Bjerke. Sie kam 1974 im Solum Forlag mit einem Nachwort und Kommentaren von Prof. Arvid Brodersen heraus.

Die englische Übersetzung einer Auswahl von 16 Sonetten erschien 1975 in der Anthologie ›The Grammar of the Real, Selected Prose 1959–1974‹ des australischen Dichters und Literaturhistorikers James McAuley in der Oxford University Press, Melbourne.

Ausgewählte Sonette dienten als Texte für die Komposition von Isang Yun ›An der Schwelle‹ für Bariton, Frauenchor, Orgel u.a. Instrumente, bei Bote und Bock, Berlin 1975.

In Vorbereitung ist eine komplette englische Übersetzung, nun aller 80 Sonette, von D. Crena de Iongh im Verlag W. W. Norton & Co., New York.

Eine originalgetreue Faksimile-Wiedergabe von 2 Seiten des Manuskripts der Sonette mit 16 Sonetten (XVII–XXXII) befindet sich als Beilage zu dem Beitrag von Karl Dietrich Bracher ›Zusammenbruch des Versailler Systems und Zweiter Weltkrieg‹ in der Propyläen-Weltgeschichte, Propyläen-Verlag, Berlin 1960.

Anmerkungen zu einzelnen Sonetten

VIII: Der ›Rundgang der Gefangenen‹ von van Gogh, nach der Zeichnung von Gustave Doré.

IX: Die Bewacher im Gefängnis der Gestapo in der Lehrter Straße waren junge, zwangsweise zur SS rekrutierte sogenannte Volksdeutsche, vorwiegend aus dem Banat und der Batschka.

XV: Die Himmelfahrt Christi, rechter Flügel des zweiten Zustandes des Isenheimer Altars von Matthias Grünewald, Museum Unterlinden, Colmar.

XVI: Om Mani Padme Hum: »Gegrüßt seist Du, Kleinod im Lotus!« – »Der große Buddha«: Buddhastatue von Kamakura, bei Yokohama, aus dem Jahre 1252.

XIX: Der »Meister« ist Professor Karl Klingler (1879–1971), Geiger und Leiter des Klingler-Quartetts. Er komponierte u. a. eine Bühnenmusik zu dem Stück ›Chinesische Legende‹ von Albrecht Haushofer.

XX: Die »Meisterin der Kunst«: Die Münchner Pianistin und Klavierlehrerin Albrecht Haushofers, Gräfin Bertha von Sztaray.

XXI: »Der herrische Trompetenschall«: Die Fanfare bei der Ankunft des Ministers Fernando.

XXII: Von den genannten acht wurden sieben nach dem 20. Juli hingerichtet. Diese waren Graf Peter Yorck von Wartenburg; Graf Helmuth von Moltke, Kreisau; Graf Dietlof von der Schulenburg; Graf Ulrich von Schwerin-Schwanenfeld; Ulrich von Hassel; Johannes Popitz und Erwin Planck.

XXIII: »Die silbergrauen Wände«: Das Wettersteingebirge um Partenkirchen.

XXIV: Der Wortlaut des gemeinten Zitats: »Flectere si nequeo superos acheronta movebo« (Virgil, Aeneis VII, 312) – Wenn ich die Oberen (Götter) nicht beugen kann, werde ich die Unterwelt bewegen.

XXV: Erinnerung an die Olympischen Spiele Berlin 1936.

XXVII: Sir Robert Vansittart, Unterstaatssekretär im Foreign Office, gehörte zum engeren Kreis Churchills, einer der Hauptgegner der Außenpolitik Hitlers.

XXIX: Der Freund: Wolfgang Hoffmann-Zampis, gefallen vor Sewastopol. – »Der Strom ...« ist der Acheron.

XXXI: Das Wappen ist jenes der Großmutter Albrecht Haushofers, von Doss, das mit dem »rittermäßigen Reichsadel« am 22. 6. 1740 von Kaiser Karl VI. verliehen wurde.

XXXII: Partnachalm, oberhalb der Partnachklamm am ›Hohen Weg‹ von Partenkirchen in das Reintal. Dieser ist auch »der Saumweg« in XXXIII.

XXXV: »Der Arzt« war Dr. Ense, der sich – selbst politischer Häftling – aufopfernd um die Kranken unter den Mitgefangenen bemühte.

XLIII: Shi-Hwang-Ti, König von Tsin 246 v. Chr., 221 Kaiser von China, soll in seinem Reich 213 die Bücherverbrennung befohlen haben, was heute jedoch angezweifelt wird. Er starb im Jahre 210. Die »zwölf Jahre« des Sonetts stimmen also auch mit den zwölf Jahren 1933–1945 überein, womit die gemeinte Parallele zum Nationalsozialismus noch unterstrichen wird. – Die kürzliche Entdeckung des Grabes von Shi-Hwang-Ti war eine der größten archäologischen Sensationen.

XLIV: Alexandrien wurde 643 durch die Araber unter dem Kalifen Amr (Omar) erobert.

XLV: Die Antwort des Legaten an den Grafen von Montfort bei der Eroberung von Béziers 1209 ist u.a. von Cäsarius von Heisterbach überliefert. Doch liegt Béziers in Languedoc, nicht in der Provence.

L: »Er« ist Roland Freisler, Präsident des Volksgerichtshofs, umgekommen am 3. 2. 1945 durch eine Fliegerbombe im Keller des Gerichts. Dadurch ergibt sich auch eine genaue Datierung für dieses und die folgenden Sonette.

LIIII: Teja, letzter König der Ostgoten, fiel 553 in der Schlacht am Mons Lactarius, die in Felix Dahns ›Kampf um Rom‹ verherrlicht wurde. – Der »Todestrotz« des gefesselten Hagen vor Kriemhild im Nibelungenlied.

LIV: »Der Hinkende«: Dr. Joseph Goebbels.

LV: Während seines Studiums in Straßburg 1770–1771 verliebte sich Goethe in die Pfarrerstochter Friederike Brion (1752–1813).

LVII: Das ›Gespräch des Lebensmüden mit seiner Seele‹, einer der »verzweifeltsten Texte« der Weltliteratur, wird Amenemhat I. (ca. 2000–1970 v. Chr.) zugeschrieben.

LVIII: Der Titel des Sonetts entspricht dem Titel des Buchs ›Paideia‹ des bekannten Philosophen und Archäologen Prof. Werner Jaeger, erschienen 1933.

LX: Kassandro, moderne Neubildung nach Kassandra, die den Untergang von Troja voraussagte. – Das »Amt« ist das Auswärtige Amt in Berlin, für das Albrecht Haushofer zeitweise arbeitete.

LXIII: Kardinal Jean de la Balue wurde von 1469–1480 im Schloß Loches von Ludwig XI. gefangen gehalten. Der überlieferte »Käfig« ist im wörtlichen Sinne nicht authentisch. Papst Sixtus IV. erwirkte die Freilassung des Kardinals.

LXIV: Anicius Manlius Torquatus Severinus Boethius, Kanzler am Hof Theoderichs, wurde 525 wegen angeblichen Hochverrats in Pavia hingerichtet. Der lateinische Titel des im Gefängnis geschriebenen Buchs: Consolatio philosophiae.

LXV: Thomas Morus, Staatskanzler, Gegner der Kirchenpolitik Heinrichs VIII., Verfasser der ›Utopia‹, wurde 1535 wegen angeblichen Hochverrats enthauptet (Porträt von Hans Holbein).

LXVI: Aus dem 6. Buch des ›Mahābhārata‹, dem großen indischen Epos, wahrscheinlich 2–300 v. Chr.: Gespräch auf dem Streitwagen zwischen dem Helden Arjuna und der Inkarnation Krischnas (Lehre des Karma Yoga).

LXVII: Albrecht Haushofer hatte, in seiner Eigenschaft als Generalsekretär der Gesellschaft für Erdkunde in Berlin, Nansen (1861–1930) kennengelernt. Nansen erhielt 1922 den Friedensnobelpreis.

LXIX: Johannes Kepler (1571–1630) veröffentlichte die ersten der nach ihm benannten Keplerschen Gesetze 1609 in seinem Hauptwerk ›Astronomia nova‹.

LXX: In den berühmten Vierzeilern (Rubaiyat) des Omar-i-Kaijam (ca.

1050–1132) finden sich jene, wo der Ton zum Töpfer spricht: »Einst war ich wie Du, drum behandle mich sanft ...«

LXXI: »Der größte Kaiser ...« Tai-Tsung regierte 627–650. Während einer langen Friedensperiode erlebte China eine kulturelle Blüte.

LXXII: »Der Florentiner«: Dante in der berühmten Episode in der Göttlichen Komödie (Hölle, V. Gesang), die Francesca da Rimini und Paola Malatesta behandelt.

LXXIV: Die Kami sind in der Vorstellung der Shinto-Religion die zu verehrenden Geister der Verstorbenen.

LXXV: Miyajima, vielbesuchte Wallfahrts-(Tempel-)Insel südwestlich von Hiroshima.

LXXVIII: Jan Mayen, Insel zwischen Island und Spitzbergen, 1611 von dem Holländer Jan Mayen entdeckt, gehört zu Norwegen.

Alfred Döblin

»... ist unter den wenigen ganz
großen Schriftstellern der am wenigsten
Entdeckte.« (Ludwig Marcuse)

dtv 295

dtv 1389

dtv 1552

dtv 1591

dtv 1641

Alfred Döblin:
Hamlet oder
Die lange Nacht
nimmt ein Ende
Roman
dtv 1484
Ein Kerl
muß eine Meinung
haben
dtv 1694

dtv